海之婉约

冯海 著

陕西新华出版

太白文艺出版社·西安

图书在版编目（CIP）数据

海之婉约 / 冯海著. —— 西安：太白文艺出版社，
2023.12（2024.1重印）
ISBN 978-7-5513-2487-8

Ⅰ.①海… Ⅱ.①冯… Ⅲ.①诗集—中国—当代
Ⅳ.①I227

中国国家版本馆CIP数据核字(2023)第211841号

海之婉约
HAI ZHI WANYUE

作　　者　冯　海
责任编辑　曹　甜
封面设计　四叶草
版式设计　建明文化
出版发行　太白文艺出版社
经　　销　新华书店
印　　刷　三河市嵩川印刷有限公司
开　　本　787mm×1092mm　1/16
字　　数　160千字
印　　张　18
版　　次　2023年12月第1版
印　　次　2024年1月第2次印刷
书　　号　ISBN 978-7-5513-2487-8
定　　价　69.80元

联系电话：029-81206800
出版社地址：西安市曲江新区登高路1388号（邮编：710061）
营销中心电话：029-87277748　029-87217872

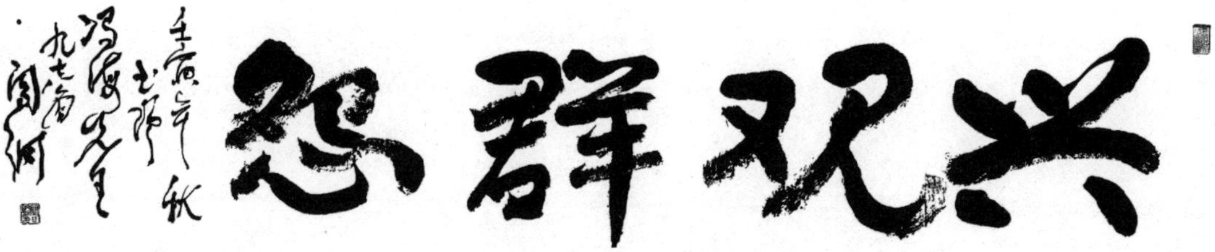
兴观群怨

城南藍莴招人喜竹席槐蔭慢羽扇

酒發幽情歌且舞詩吟理想憧而悵

離騷屈子能存慰行路青蓮亾寄眼

知命不知何處去半遮半掩醉山泉

瀉海詩知命糾結一首

辛丑之夏曹國良書

序一

王即之

冯海者，何人也？答曰：知名企业家、诗词家，咸阳市民营企业家协会会长也。

《海之婉约》者，何也？答曰：冯海君百余首诗词之合集也。

从出书惯例来看，有书则必有序，序可由他人写，亦可由作者自写，只不过前者居多罢了。因为我是冯海君的老师，如此一来，这篇序就顺理成章地落到我的头上了！冯海君学识广博，见闻丰富，才华横溢，满腹经纶，在诗词方面比较优秀。在提笔为他写序的过程中，我随心所欲，信马由缰，不禁为冯海君题写了一副嵌名联——冯君大作诗词妙；海浪惊涛志向高。这也算是向着为他写序的方向而自觉进军前行了！

实话实说，我和冯海君相见相识还不到半年呢。我俩的相识缘起于省文联的甘泉老师。犹记得在今年元宵节的早晨，省文联组联部的甘泉老师打来电话说："王老师，给你推荐一位朋友，他名叫冯海，是个很成功的企业家，也爱写诗词。"我回应说："太好了，多个朋友多条路，楹联诗词都是我的最爱！这样一来，冯海君也必然是我的至交了！"不一会儿，甘泉老师又把冯海君的简介和作品用微信给我发来了，我一看其诗词作品，感觉写得很好，可谓是专业水平！

又过了一会儿，冯海君也给我打来了电话，通过交流，才知道他是兴平市人。在电话中我俩谈得颇为投机，我情不自禁地聊到了恩师中国楹联学会原副会长、省楹联学会创会会长、兴平籍的楹联大师张过先生和现任兴平市楹联艺术家协会会长的张维社君，还有现任秦都区诗词楹联家协会主席的张涛君。接过我的话，冯海君激动地说："真是找到组织了，太有幸了！"如此这般，好生欢喜！我俩又相互加了微信，不一会儿，他心热手快地在我朋友圈给我最近发的文档点了赞。但因彼此都比较忙，我俩尚未有机会谋面。

在两周后的2月19日这一天上午，我下了很大的决心抽空从书曲回到咸阳，赶到我的另一位得意门生王飞虎君的书法工作室畅叙久别之情和书法、楹联之趣！飞虎君很快和冯海君取得联系，冯海君回话说他在西安开会，下午五点才能回到咸阳。到了傍晚六点，在东道主王飞虎君的主持下，冯海君，才女李嫒嫒、史斐娟，还有先前来到的杨继康君，四位才俊投在我的门下，成为"即之学堂"新的高才生！

自此，我与冯海君便有了紧密的联系。今年4月8日，在和王飞虎、冯海、南立祥三君商议好后，我回咸阳给"即之学堂"咸阳学区的弟子们做了一场对联，尤其是嵌名联的主题讲座。没想到冯海君的爱妻美兰也来听课了，而且听得很是认真、极为投入，笔记记得很扎实，几乎是一字不落，大有"巾帼不让须眉"之势。想必这对作为家人、作为一路伴侣的冯海君也会是一种激励和鼓舞。

对于冯海君的诗词，我多次仔细认真研读，使我对这位商界精英、诗词高手有了进一步的了解！可以看出，他勤勉于企业，洞达于诗词；豁然其心，恬然其性，尤有待人接物之有度、建功立业之雄心！

冯海君的诗词，每每透露出他的质朴坦诚、正直无邪。因为他的诗词里面有他人生的履痕，也有他对生活的思考、对亲情的回望、对乡情的怀恋。他一以贯之地取材于身边的人和事，用隽永清秀的文笔，叙说着心中的爱怜，却丝毫没有哗众取宠、虚张声势、无中生有、信口开河之处。他自然率真、朴实无华地表达着心中积存的情愫，并以诗词寄托着对未来的憧憬！

可以说，咸阳兴平的名山胜水、风土人情、父老乡亲，给他的创作提供了取之不尽、用之不竭的灵感源泉。如今他把它们变成文字结集出版，让人们可以随时随地地走进他的心路历程、精神世界。

平心而论，像冯海这样能做到生活历程与诗词艺术的有机统一，使自己的写作水平很快进入个性化的审美境界，不仅要有很好的艺术感觉、细腻的情感体悟、娴熟的驾驭能力，更要有深邃的思想、广博的知识、深刻的体验。这实在不是一件容易的事情，而冯海君做到了，不由得令人高看一眼！

忆古思今，展望未来，人情似纸，世事如棋，在未来的日子里，真诚祝福冯海君更上层楼，坐看岁月漫漫，写出更多更好的作品，同时，善待自己，拥抱平平安安，成就长青基业。

是为序！

王即之，文化学者，西北大学中国西部书画研究院研究员，西北大学现代学院国学院执行院长；中华孔子学会董仲舒研究委员会副会长；中华诗词学会会员、陕西省诗词学会常务理事；中国楹联学会第五届理事、第七届常务理事；咸阳市楹联家协会第一届、第二届创会主席，原陕西省楹联学会常务副会长；陕西省国学研究会副主席、西安国学研究专业委员会原主席；陕西省书协、美协会员，陕西省望贤书学会理事。研究方向：儒学，诗书画。

序二

王宇

　　我的朋友圈中有这么一群人，他们比我年长，阅历丰富。他们与我亦友亦师，在与他们的交往中，我获益良多。其中就有这么一个人，他既是达则兼济天下的企业家，也是潜心笃志的文化人，这个人就是海兄——一个诗情驰荡的儒商，一个商海弄潮的雅者。海兄本名冯海，出生在茂陵北麓一个叫作定周的古老村庄，一个地地道道的关中汉子，在他身上我看到的是三千万老陕的那种勤劳淳朴、粗犷豪放。

　　海兄其名，早有耳闻，只不过没有合适的机会与他结识。去年2月在兴平市诗词学会成立二十五周年纪念大会上，有幸结识了前来参会的海兄。海兄身材高大魁梧，相貌和善，握手间脸上多的是微笑可亲。言谈中得知，海兄是一位性情中人，笔耕不辍，在追求形而上的诗和远方的同时，干着一件美好而伟大的事业。他兴业奋进，为解决天下寒士形而下的诗意栖居，终日奔忙。

　　我们爱好相同，此后见面的机会也就多了。让我受宠若惊的是，今年五月的一天，海兄打来电话，说要出版自己的诗集《海之婉约》，让我以朋友的角度给他的书写些文字。我一个小小的农民工，整日为衣食温饱，辗转奔波于一个个建筑工地之间，何德何能敢为海兄的著作写话。不免忐忑中多了些彷徨，唯恐写砸，让浸润着海兄心血的著作大为失色。但在海兄的多次鼓励下，我还是勉为其难地应允了。

我通读完书稿，眼前一亮，且为之震惊。海兄那酽茶驱夜、香烟绕指、诗绪冲心的坚毅执着，着实令人感佩。此集历时五年，题材丰富，体裁多样，感情充沛。这样一部分量厚重的作品，莫不是海兄呕心而作？

海兄的诗词作品犹如塬上那温润的夜风，颤巍巍奏出一曲曲乡音乡韵，听之使人心情恬淡，快意盎然。多是在青涩泛黄的回忆中掺杂着那无尽含泪的美好……从这些美好中，能让我们一同细细品味出那关中文化中的下里巴人。海兄作品的雄心不在于比前人做得好，而是看到他未曾看到的，说出他未曾说出的。在这炎炎三夏之际，感受着海兄笔下那浓浓的黄土气息，犹如榴花照眼、山泉涤心。

诗是美学，是意象的丛林，它会因诗人的即时兴会而灵动，葱茏翁郁地站在诗人平平仄仄的字里行间。海兄把现实生活和诗词艺术结合起来，用诗来寄兴言志，抒发感情，以诗人独特的目光审视社会，审视人生。格律诗词需精练、谐韵、工整，因为这些严格的格律的要求，正当许多人望而却步时候，海兄却知难而进，且乐此不疲，激情飞扬。

这本《海之婉约》中，格律诗词比重最大。读不尽的平平仄仄，看不穿的文人情怀。海兄所赋、所劝、所赞、所咏、所颂、所歌、所念、所怜、所唱、所悟，一腔热血一腔悲鸣，皆感时、感事、感情而动，其时，海兄为先亲赋"每每念恩嘱，涕泪满巾衣"（《冬月思父》）；为儿辈劝"唯有精勤存敬畏，读书益智最无悔"（《劝儿诗》）；为寒梅赞"魂倩能潮才子梦，骨奇且润画家怖"（《寒梅赞》）；为军人歌"忠魂铸就长城固，铁血浇红思想新。今日陆天空海盾，强吾中华佑吾民"（《八一节咏军》）；为台胞念"我是故乡人，死愿故乡尘。浓愁何绵绵，千里唤归魂"（《我是故乡人》）；为打工者怜"静夜唤孙鳏寡苦，打工儿妇梦中忧"（《打工者谣》）；为自己唱"雪降枝头疑警告，莫因春到空喧嚣。敦实砺性别浮躁，缄默凝神善晦韬。一半人生重厚稳，三分自信薄轻毫。余生尚有千般事，万里长征又起锚"（《自勉》）；为人生悟"人有旦夕福祸事，欲求无愧顺天规"（《有感〈寒窑赋〉》）。在这些字句和谐，抑扬顿挫之间，满溢的是海兄之喜怒哀乐、悲欢离合。这赏心悦目的文字尽情地诉说着海兄意切情真的诗国驰骋，商海翱翔。

海兄诗词创作大胆创新，特别是在声律、韵律的运用上把握到位。既用新声韵，又用古音韵，且互不掺杂，左右逢源，挥洒自如。

通过对《海之婉约》的研读，我深感诗集中的作品题材广泛，立意高卓，文思精妙，行笔细腻，是现代与传统的完美结合，尤其是在内容上紧跟时代主旋律、积极向上，在很大程度上体现了艺术性。但美中不足的是，部分作品在平仄的运用上和意象的连续性方面不是很协调，欠中矩，然玉之或缺，瑕不掩瑜。最后愿海兄事业腾飞，如日中天；艺术之树绿意盎然，参天拿云。

行文至此，意犹未尽，再次通读书稿，韵自口冲：

其一

茂陵王气今犹在，渭水滔滔裕俊贤。

商海骑鲸迎骇浪，诗林鸣凤舞银弦。

奇思冲口三千意，妙句惊心四百篇。

九易含辛蜂酿蜜，玉成雅正梦中甜。

其二

诗海优游思涌泉，情从肺腑语从严。

巴人白雪逢源唱，古韵新声信手弹。

月夜清音追子美，江风老酒效青莲。

十年板凳花千树，竞吐芬芳翠莽塬。

祝贺海兄的诗集《海之婉约》出版，以慰诗心，以飨读者。

壬寅年五月望日于泾水南岸

王宇，1986年8月生于陕西兴平，中国民主民盟成员，政协咸阳市第八届委员、政协兴平市第十四届、第十五届文史员。系中华诗词学会、中国楹联学会、陕西省散曲学会会员，陕西省诗词学会理事、兴平市诗词学会副会长、兴平市楹联艺术家协会副主席兼副秘书长。著有《秦池听风》《风雨流觞》《子夜吟》（待梓）。

目录

一花一草总关情

忧国忧民仕子心

酒后深得悟世言

春夏秋冬皆是诗

我有知音梦里来

怀古惆怅不少年

品茶修禅养雅兴

托物时咏守心志

词作集

现代诗

一花一草总关情

相思

秋渐浓，月正明，阵雁入画。

谁知？桂花零落惹相思。

断桥失信，兰舟寂寞，拆骨成诗。

蝉哀鸣，露已重，清泪湿榻。

怎耐？残墨遗痕神未疲。

雨夜孤灯，燃烟丢魂，泣血作词。

惜花

春风自北穿南巷，原本花开一路香。

细雨无由添许乱，残红满地兀彷徨。

刘兄篱园感怀

园亭茶久神怡远，风月无边宅暮烟。
土狗曲鹅相逗趣，落霞填满一畦田。

春分感怀

平分昏晓正芳华，溪水舟花胜曲觞。
轻雨柔风舞曼妙，修巢归燕娆轩梁。

春分时节感怀

春分春色草渐长，溪水流花醉横塘。
多少尘烟携旧事，随风淡淡溢诗香。

春山

涧水长邀鸟共鸣，绿荫掩映日争荣。
谷中洒下疏离影，应是清风送曲情。

终南山消暑

青柑小盏遮阳伞，蝉噪林深干果甜。
沣峪罗扇执作景，终南古道惬幽兰。

归来

轩幽修韵趣，室静悦禅缘。
省至心穷处，欣欣抱酒眠。

叶诺

一

秋雨连绵引郁愁，怎堪忍受别离忧。

哽咽相约经冬后，再报今生三季柔。

二

面悴身疲倦将行，此生不负托真情。

今虽归去还君诺，世世轮回只报卿。

侄儿满月

冯家有仔多萌态，虎像龙官蕴八才。

满月初含王贵气，俱言天送状元来。

冬旅感怀

夹江风景苍茫好，冬藏悠悠毓暗香。

浅行难消惆怅志，客眠未醒误开窗。

咏霜

炎时讯雨凉时露，劫历浮沉化玉泊。

候雪深怀萧瑟气，凌寒谧守皎洁德。

穷灼绿叶酡如火，富染青丝怆似歌。

本是英雄心底泪，魂兮归去叹息戈。

古战场

九曲黄河冬愈静，虬枝陈岸似戈兵。

苍茫不掩峥嵘气，一缕烟尘荡血缨。

咏中秋

月挂苍穹喃思忆，月沉湖底变冰心。

托花细问卿安好，常使清风传玉音。

曲水流觞

曲江情恳酒肴香，挚友流觞暮雨滂。

秋水秋风言雅韵，欢歌盛世赋雄章。

秋歌

秋月明，秋夜长。
清风徐徐拂秋塘。
川上离离秋草悲，
寒蛩声声诉忧伤。

秋发苍，秋泪长。
红颜不觉换秋妆。
岁月悠悠秋愁起，
琵琶曲曲抚彷徨。

秋波兴，秋水长。
白露莹莹化秋霜。
江河滔滔秋嶂立，
沙场阵阵练兵忙。

秋味浓，秋韵长。
丹桂脉脉飘秋香。
田间累累秋果顾，
鸿雁行行咏华章。

第三十七个教师节有感

讲台三尺志丹心，甘洒青春咽妙音。

吸尽粉尘终不悔，欣看修竹绿成林。

中秋感怀

一

中秋草木枝虽壮，浓露加身叶却低。

凄雨一场零落下，无辜飘转赴塘溪。

二

中秋月色清如水，茨草含珠曲径深。

河里蛙鸣犹似泣，穿堂不绝是风吟。

三

中秋况意绵绵起，气爽天青岫出云。

极目四方皆是景，栉风沐雨咏诗文。

品秋感怀

万里商风秋渐重，平沙落雁急南程。

暮烟绕树兴愁古，弯月如舟载露明。

知命初尝精气贵，苍须更觉禄名轻。

弄文泼墨培新志，晏晏迟阳浴晚晴。

咏清渭楼

初秋，与李绪刚宴于咸阳清渭楼，被清渭楼恢宏的气势、华美的装饰、精巧的设计、璀璨的光芒所震撼，又闻听此咸阳美景乃兄所建，故而在几盏美酒的激荡下，为此景此情，即席赋诗一首。

宋有孝先公，今书绪刚兄。

咸阳观蜀易，秦岭撼楼崇。

斗拱飞檐势，雕梁画栋城。

斯谁为某友，青匾载芳名。

贺十四运召开

和平时代论英豪，体育沙场数艺骚。

十四运群雄逐鹿，九千面战鼓惊涛。

留心火炬方传递，侧目对手已磨刀。

关中秋高正气爽，胸襟宽广迎征袍。

无题

鱼是新鲜好，情为旧识金。

岁长迷少韵，酒醉窃乡音。

落日愁云起，空山宿雨涔。

夜深失睡意，惆怅在风吟。

关情

一念云烟起，乾坤两极愁。

迷离林间水，关切浪中舟。

小怨更深惜，长叹复远谋。

但能心省尔，何罪入樊笼。

兴平诗词学会二十五岁生日歌

吾有穷家亲属多，阿兄阿妹善曲鹅。

欣然命笔成旬课，殷切织章赋日歌。

长俯竹兰参翠嫩，久瞻松柏法巍峨。

二十五载长言志，薪火传承数代德。

蕙兰

蕙兰缘涧谷，静守谷中求。

剑叶舒姿倩，疏枝吐气柔。

孤臣崇彼品，君子乐其幽。

慎独修心洁，谦虚染古愁。

与梅幽一室，共竹上琼楼。

诗画佳宾伺，轩亭黛墨浮。

久观添雅致，长习蕴情悠。

不羡春花艳，唯欣楚客眸。

奠白兄允民

初识不盈月，常闻子重名。

而今乘鹤去，往后断钟鸣。

禅味荫儿女，诗心瑞祖茔。

孤蓬飘落处，竞引友誉评。

曲江游园

榭外荷间锦鲤趣，碧波潋滟客徘徊。

一扇头顶飞燕过，数缕清风送爽来。

清明祭

岁岁清明黯失魂，东风难抚旧伤痕。

桃花哀我纷纷泪，一瓣残香一片恩。

惜花

三月如秋雨霖铃，夜深忐忑难从容。

凌晨长守疏枝问，可抚香魂慰倩踪。

牡丹颂

雍容大度国之花，娇艳不谗贵自遐。

名负重誉焉可亵，唯逢春日最繁华。

桃诉

桃花最是相思物，一抹幽香一断魂。

几度春风几度泪，旧痕不退复新痕。

探春

人生沉醉不单酒，徐行田郊也忘归。

晨起薄云轻带雨，浅尝春早雾沾衣。

溪流吟

溪流源绝涧，品性自孤寒。

温顺滋花草，刚坚碎石磐。

奔腾闻空谷，守静抱幽峦。

飞瀑倾天宇，横江卷巨澜。

悦山怡情

领袖情怡岷藏雪，诗仙魂醉蜀秦难。

智人乐水凝灵气，仁者怀山释意禅。

西北断层高万仞，东南褶皱秀千川。

最宜湖海相彰处，无限风光尽远帆。

一组春联

深宵一点搜肠肚，七字钩联贺早春。
词屈语穷君莫怪，且怜心白敬朋宾。

一

迎瑞雪欢度春节

折红梅炫妆稔年

二

纳吉福平添一寿

贴春联喜贺丰年

三

金牛带动千里福

举国欢腾万家春

四

莺鸣蝶舞春将至

柳绿桃红福已临

五

春回大地驱晦气

福至家园播祥辉

六

春风春景春气象

喜色喜形喜华年

七

子鼠乘夜驱霉走

金牛驾犁送福来

八

凭勤靠德存善福

笑语欢歌贺新年

庚子初霜游终南山有感

不负韶华留浅憾，醉心秋韵谒南山。

新霜飞渡漆丹叶，陈雪消融冽石泉。

荻苇挥毫书强劲，虹霞舞袖绘斑斓。

川岗依旧持初色，无限风流扮盛年。

中秋感怀

一

清晨小雨缘何处？瑶水霜颜化物来。

芳草萋萋眸凝泪，冰心一片赴鸾台。

二

中秋明月几徘徊，佳节思亲志正哀。

为有生前多相守，不留悔恨结愁腮。

三

赏秋细处听风语，如黛青山遁入怀。

长爱湖边逐憩雁，情归童稚笑颜开。

离骚

山有木兮花有露，云随风涌故峥嵘。

梦时一曲饶温婉，难解余生寸寸情。

忆春

寻常感觉还舒意，寒极方同万木悲。

深恨春光流逝远，逢冬始懂暖如怡。

山居

白云笼秦岭，高耸是险峰。

竹林涛隐隐，松海色溶溶。

薄雾衣生露，斜风景入情。

尘心归零处，文酒爱晚亭。

豆面糊汤

旧日粗蔬老为金，儿时糊面永撩心。

爨香绵滑醇难忘，豆腐黄花忆至今。

咏梅

一树红梅争早暖，寒风飒飒抖精神。

品如松竹彰清气，不让春喧误洁身。

雨霖铃

昨夜霖铃雨，孤灯对影瘦。

一夕一旦逝，一岁一年休。

稚子初人事，愚夫满脑秋。

醒惊天已晓，却愿再樊囚。

清秋夜

一盏青茶香误梦，云烟隐约绕梁低。

凉风温婉穿帘舞，斜视婵娟入柳溪。

秋渐浓

蚱蜢惧惊晨露冷，田蛙鼓噪月光寒。

南归落寞孤鸿叫，方醒云高瘦嶂峦。

雾

郁郁冬青凝碧露，萋萋老柳没云烟。

江山多少风流事，时幻时真尽入禅。

山居

山村竹舍鸟鸣花，东阁风帘月扰鸦。

小酒清茶添逸趣，早观日出晚看霞。

田园乐

一

渭水汤汤已千载，环河风景数荷乡。

炎阳暑酷蛙蝉喜，塘畔争鸣品藕香。

二

风云际会天机变，杨柳潮头胆尽寒。

松柏青青循本性，山林依旧醉清欢。

三

侧耳聆听蟋蟀叫，低头戏水惹蛙鸣。

绕亭曲径幽静处，一对情人细语声。

四

月上柳梢新雨后，霓虹桥下几徘徊。

夜深常惹蚊蝇扰，幸有清风送别来。

慰友

温暖需时待，良人亦可期。

嘱君心腑语，玉洁自情怡。

咏兴平红辣椒

状似羊犄藏锐气，鲜如炽焰裹红袍。

汤池有汝多豪横，肉鼎无君少老饕。

满腹热情甘为佐，一腔爱崽述风骚。

臕肥味辣香醇厚，唇间精灵舞劲刀。

荷语

一池君子哀烟雾，款款情归盼晚星。

山浊雨奇多则滥，湖光潋滟好娉婷。

娘亲

恩纫千层底，爱缝万针衣。

居室忧前景，行镰盼复归。

胸藏寸寸意，心痛时时饥。

唯母拳拳思，叮儿事事微。

青年礼赞

庚子年五四青年节，有感于九〇、〇〇后青少年们，青涩却不失担当，稚嫩而不乏才俊的工作风貌，故作诗以新槐、幼凤相称赞，赞他们在各条工作战线上，讲政治守规则，是大有可为的新一代。

五月新槐影疏斜，清香四溢绿无邪。

良材抱冀乘时节，幼凤倾情佑国家。

五一劳动节及母亲节献礼

最美劳动者

养儿育女操持家，戴月披星理谷麻。

最美世间辛劳者，双亲无愧评最佳。

母亲节献礼

父伴仙翁雾隐身，母悲兄弟步惊心。

娘亲莫怕孤无靠，我嘱儿侄倍孝恩。

牡丹颂

一

一句牡丹真国色，至今花中称君王。

不惧骄傲居魁首，华贵雍容睥四疆。

二

魂胜寒梅一段香，玫瑰且逊九分妆。

春秋同谱非金菊，百花丛中我为王。

清明思父

　　庚子清明将至，因疫废祭拜事，倡诗文以奠之。吾父辞世四载，然音貌清晰鲜活，犹昨日远行。每念及此，思父慈父恩，忆父诲父情，终觉孝薄，尝悲从中来，不胜唏嘘。今岁作诗以记哀思，代清明祭。呜呼哀哉，心甚念父，伏唯愿慈父魂定神安！

日暮廊桥引旧愁，渭河如故水悠悠。

长亭细雨弥悲意，古道凄风送旷惆。

含泪苍天云隐痛，凝珠大地雾涵忧。

年年新叶摧枯叶，岁岁今朝冷似秋。

仄起吊亚团兄

与友知交浅，不能妄论议。

晨闻骑鹤去，情戚忆前悸。

谦和先生相，慈祥长者懿。

说思双十策，启示百千意。

春风不知妾是谁

春风一度迷人眼，杨柳梢头烁绿曦。

春风二度情已乱，红霞羞面媚娇葳。

春风三度生痴念，梦中长忘妾是谁。

醉倚花丛君莫笑，柔肠婉转画残眉。

春意且萌三百里

夜来细雨如幽笛，忽尔稀疏忽尔弥。

破土嫩芽挥玉手，惊原苍貌展新眉。

娇羞桃色红绡泪，妩媚青山碧绮池。

春意且萌三百里，轻歌曼舞叙迷离。

仙居

青山小路通幽境，老树清溪凝雨烟。

偶闻一声柴犬吠，有情诗韵尽归禅。

大雪怒放之玉兰

一夜凄风吹，琼花梦中来。

清晨怜野草，小步访幽梅。

偶遇寒兰绽，惊叹碧玉开。

镂冰雕绝品，凝翠出珍瑰。

傲雪苶苶立，凌霜淡淡皑。

不争群芳艳，独守倩姿材。

万木经冬萎，担当赴杰魁。

暗香疏影送，休令蝶蜂偍。

采风闲趣

盎然秦岭寻秋去，黄桂红枫染众山。

彩径云笼松列队，悠悠人行锦霞间。

年味

一

临近年关百业忙，米油茶面果飘香。

笑看儿女开心跳，集市欢腾试华装。

二

火树银花不夜天，挥毫泼墨作春联。

家家户户忙清扫，除去污浊庆大年。

三

机场车站运输忙，游子年终念故乡。

一岁辛劳成绩好，归家亟待奏高堂。

四

访贫问苦攻坚战，各界纷纷送米面。

不忘初心存大爱，片片情谊寄温暖。

我寄相思

一

我寄相思于落英，一片红叶一腔情。
愿君采撷长珍守，碧血丹心永伴卿。

二

我寄相思予风筝，曲曲婉转绕魂萦。
托言明月勤传语，笔墨殷殷难慰情。

三

我寄相思予启明，秋风秋月弄伤情。
痴心不改吟长夜，浊泪几行闻末更。

乡土恋

异地海鲜虽鲜美，甘甜还是老家水。
外乡风景何神秀，故土终南更翠微。

十月一

十月一，寒衣节。

思父亲，肠百结。

千万语，无处说。

虽已别，情难绝。

来世续缘依然唤你爹。

每到入冬十月一，家家户户送寒衣。

焚香祭扫祈安好，无尽哀思和泪归。

漫看一地红叶

山峦水依天接，岗风谷月川歌。

岂能悦尽秋色，漫看一地红叶。

但求清空浮华，归来几分祥和。

心中洪波涌起，咏之以诗自乐。

我有情怀

我有情怀无处放，欲求诗赋叹人生。

奈何词尽不知意，空抱遗情度岁更。

劝儿诗

老怀遗憾不了意，人有蹉跎岁华泪。

唯有精勤存敬畏，读书益智最无悔。

游子吟

风琴夜奏思乡曲，竹笔闲书学子文。

水汇溪塘通大海，情归山野抚流云。

桂花吟

手端浊酒倾流水，心寄丝笺望故乡。

一夜梦残妆旧蕊，满城花绽尽黄妆。

可怜芳谢无人问，珍惜身幽葬锦囊。

秋雨赠吾三万韵，金风还尔九重香。

中秋感怀

一场秋雨一场梦，既送清凉又送忧。

月惹闲怨藏雾塞，心怀惆怅望廊楼。

清江呜咽流桑海，落叶呕哑落泥沟。

最是中秋人欲泪，平添无数念亲愁。

看景悟道

遥看秦岭雾峦山，近观河旁绿漫川。

海阔方生清爽气，景深顿显美无边。

忆杭州

一

风吹荷影惊橘鲤，日移桂荫扰闲燕。

孤山雾笼西湖怨，珠满心头月满天。

二

学山漫漫创新高，商海浪头搏激涛。

习术把势不忘道，依依情赤咏风骚。

我欠秋天一首歌

我欠秋天一首歌，今天做好赠予他。

晴川历历生词意，烟雨凄凄梦诗家。

白日狂浪需小酒，残宵泼墨佐茗茶。

最爱高楼邀仙饮，书剑轻车走天涯。

寒梅赞

身缘寒室不轻弃，傲雪凌冰崖畔依。

苍劲横斜香暗沁，铿锵怒放露沾衣。

忍将满面飞霜泪，只待东风忆旧归。

魂倩能潮才子梦，骨奇且润画家帏。

感春

不是胸中无词意，三月东风似巨笔。

尚未诗成春色美，漫川花气已四溢。

如梦人生

一声沧海笑，芳华少年春。

醉尽江湖事，归来恋红尘。

赞王虹

帝都王虹世蛟龙，健体强身喜泳冬。

不忘初心常练胆，敢令渭水赞英雄。

瑞雪

谁于天外播飞花，岁末姗姗寓瑞嘉。

尽让妇孺皆嬉闹，高楼静客咏天葩。

冬至日思父

冬至时节百草眠，眼穷尽处地连天。

珠含月色千年恨，心念慈亲万重山。

冬月思父

贫忙尚可抑，康闲思父慈。

为何早离去，无缘享福伺。

让儿无所依，令孙无绕膝。

每每念恩嘱，涕泪满巾衣。

金陵怀古

夜宿秦淮鳜肉肥，六朝旧榭燕常飞。

秦宁兄弟相欢饮，八艳情痴梦难归。

闲趣

夏雨纳新凉，观荷十里香。

淡云南山楚，爽气伴河徉。

游汉惠帝陵

千古风流何处觅，汉家墓冢柏森森。

后人岂惜天皇贵，寻路登山玩意深。

风雨廊桥

咸渭廊桥风驻雨，傍湖侧岸矗清楼。

长安西望声声赞，骚韵完赢秦帝都。

清明感怀

清明仍是雨纷纷，我与行人皆断魂。

思念如风风促泪，满腔悲恨恨相存。

天公自古不作美，好汉从来遇困运。

但有逆天能改命，必令乾道永青云。

寒衣祭

常因思挂忧凄戚，不待初霜送寒衣。

瑟瑟秋风吹不尽，纸钱齐与泪珠飞。

芦花思

你在赏芦花，沉醉一片白。

我在远望你，高岗几徘徊。

芦花飘零去，情乱人发呆。

若把相思解，明朝待秋来。

忆父

最痛儿时慈父手，朔风冬灌在家田。

来年收获炎炎日，挽袖依然老冻瘢。

冷

暖裘热酒未驱寒，孑影昏灯恻难眠。

今夜不知君可醉，银霜满地月正残。

对联

一

一镇双景，黄山观旁贵妃墓。

千年两文，《道德经》后《长恨歌》。

二

摹汉隶，研碑拓，法古贤拙骨。

学唐诗，品宋词，追平仄风流。

忧国忧民仕子心

夜雨

　　壬寅初夏，阴历四月望日，是夜寅时，愚尚未眠，半卧于床。忽风雨交加，顿感凉意，遂起身披衣关窗，阵阵凄风冷雨扑面而至。适逢关中小麦灌浆期，深忧涝而倒伏，先触后感，诗以记之。

　　　　夜半猛觉凉，披衣去锁窗。
　　　　掀帘阴雨冷，扑面玉兰香。
　　　　风紧蛙声寂，灯昏雾色茫。
　　　　但愁田中麦，是否受灾殃。

伤槐

　　　　河堤风景美难誉，花色重障闻画眉。
　　　　伤痛国槐情不忍，人馋缺德折枝垂。

诸葛赞

滚滚东流水，兢兢济世德。

龙吟天火震，师表月华酩。

幕府凭奇胜，朝堂以正合。

纶巾珠泪烫，鞠瘁拱山河。

时运

山雨欲来风满楼，时惊波上逆行舟。

鹏程莫测寄安好，世事虽壅料难忧。

心宅身怀三分运，德馨命免九成愁。

此中深意在诗外，修得乾坤洁黑眸。

秋夜咏叹

月色溶溶，渭水汤汤。

夜阑酒酣，涌我华章。

星辰有轨，生命无常。

阴阳哲理，露而归藏。

笔管虽短，文史却长。

秦岭再高，关中屏障。

水可断石，柔能克刚。

天道轮回，因果为纲。

竹风雪梅，春花秋霜。

四时变换，寒暑吊殇。

心存善念，发点微光。

世间真情，志不敢忘。

医人医心，国士无双。

乾坤有序，宇宙苍茫。

混沌倦客，聊发清狂。

有感《寒窑赋》

阴历八月十三，距中秋佳节余两日。午前，雨止，天晴碧空如洗，天高气爽，清风徐徐，吾心欣欣然。余盼望已久之把酒就菊，彩云追月，天涯共此时之景象仿佛即将实现。然，午后凝云四方而起，密布苍穹，随之大雨滂沱而下，如龙王翻江倒海，人皆骇之。余想起《寒窑赋》中"天有不测风云，人有旦夕祸福"之句，有感而作。

久霖初霁心才喜，压顶乌云又复回。
野旷风急怜老树，苍穹日隐撼惊雷。
一场不测倾盆雨，十分难能悟道威。
人有旦夕福祸事，欲求无愧顺天规。

敬挽兴平警界英雄陈勇

九曲生憾，警徽熠熠铭青史。
长歌当哭，蓝盾巍巍奠赤魂。

风

天来飞客好扶摇，能抉凡间运兴凋。

狂暴可掀千卷浪，温柔善抚万州苗。

夏祈缓缓输凉气，春盼汤汤扫疫魈。

唯愿山河无恙日，菁华满腹咏高桥。

孤臣

庙堂常羡江湖路，难改初衷报国情。

不好清名和势利，丹心赤胆自峥嵘。

怀边

明月高悬边塞旷，时闻雪泪凝冰声。

严冬虽冷心不冷，热血戎装卫长城。

旷世愁

君有满腔愁，从春到夏惆。

一烦桃李闹，二厌礼仁休。

物质虽长足，人伦却遗羞。

何能今比古，方解曲中忧。

先天下之忧

年近五旬情本淡，奈何常抱悯农心。

风霜雨雪伤饥苦，战乱瘟荒痛黍民。

夜吟

孤灯长子影，骚客醉疲烟。

观月沉天际，听风号大川。

柳桃冬日瘦，梅竹雪中妍。

夜重宜酣梦，茶浓却失眠。

岁暮

一年时将暮，万象绪如麻。

经理无钱货，耕耘少谷纱。

疫情正忧心，霾事更累加。

安得擎天掌，横驱百姓疤。

蚊蝇之恶

中央铁拳，惩治贪腐。老虎凶残，主食贵权。蚊蝇虽小，专扰黎庶。有感而发，俚诗一首。

童愉郊晚飞萤靓，我恨蚊蝇月夜多。
巧取豪夺吸尔血，嘤嘤还唱恼人歌。

无题

居室红茶酽，蓝田玉盏津。
往来三四友，呷啜六七巡。
谈古言觞景，怡情品意林。
净心医浅躁，闲致育温纯。
荼蘼收获尽，羁鸟复归尘。
迷惑看时态，彷徨遗倩魂。
天良如弱水，人性似浮云。
独善其身者，悲哭作此文。

八一节咏军

南昌起事惊雷震，首建钢军主义真。

没有兵将谋浊利，只维家国少艰辛。

忠魂铸就长城固，铁血浇红思想新。

今日陆天空海盾，强吾中华佑吾民。

忧雨

万家寂静一江鸣，座上高朋尽息声。

淫雨潇潇如密幕，愈吟愈冷愈惊情。

溺子者之哀

人到中年似负牛，奋蹄力劣死方休。

恨不骨上皮包肉，奉与儿孙炼烛油。

淋雨哀

天有忧伤雾凝哀，江南梅雨数徘徊。

烟波亭上愁何在，惆怅民忧与天灾。

夜忧

夜半长忧伏雨多，深怨天帝泻银河。

可怜江汉黄金稻，无咎新增百姓疴。

忧患人生

心忧黎庶眉常蹙，肩担希望背负山。

鬓额深藏悲悯意，情怀家国显苍颜。

渔夫

灯昏眼浊面苍苍，饥腹孤舟钓线长。

有人暖阁炉火旺，有人寒夜凿冰忙。

祭奠

四月四日清明，大地低声哀婉。

时令本该春暖，却顺人意倒寒。

应景凄雨冷风，入骨悲痛伤感。

国定明日哀悼，注定今夜无眠。

中华屹立不倒，皆因意志齐天。

先有精卫填海，后有愚公移山。

民族精神昭昭，智慧勤劳勇敢。

今日雄狮已醒，试看谁来犯边。

我是故乡人

清明节给台湾同胞的一封家书

我是故乡人，伤心异乡身。
望鸿生悲意，浊酒对星辰。

我是故乡人，爱闻故乡音。
如梦长萦耳，夜暮愁烟云。

我是故乡人，常怀明月心。
最忆年少事，更觉故乡亲。

我是故乡人，死愿故乡尘。
浓愁何绵绵，千里唤归魂。

信念

年兽已退春将到，疫战终赢众必安。

且待三月花烂漫，举国上下尽颜欢。

悲春

困闷忧伤春难访，田园心境两荒芜。

家中无味寻闲趣，醉卧书山览江湖。

悲老歌

人老无聊闲作乐，未曾一阵唏嘘来。

夕阳虽说无穷好，难买芳华再重开。

立春寻春

　　立春一日，百草回芽。立春一日，水暖三分。今日11时14分立春，愿在这个美好的时刻，春天能承载着我的祝愿。

　　　　清晨悄悄去湖边，满目荒芜遍野川。
　　　　终觅草尖撩翠趣，恰如纤手弄春弦。

老荻

献给钟南山院士

　　　　荻花老迈精神饱，相貌苍凉华发翁。
　　　　虽少青松强壮劲，却披细竹韧柔戎。
　　　　渠沟漠漠驱残雪，崖畔穷穷唱大风。
　　　　阅尽人生潇洒状，诗歌自信咏英雄。

春节有悟

一

水泽腹坚终有日，东风解冻胜燃薪。

莫怜白雪留不住，万物萌苏更赖春。

二

南方花似锦，北国雪正寒。

东望春来早，西叹雨愈澜。

山河瀚渺秀，宇宙纵横桓。

世事星辰转，心安意自宽。

三

雾霾撕我肺，炎疫虐民心。

生命多艰苦，真情贵似金。

担当牢记者，寒夜送光临。

众志成城日，瘟神必当擒。

盼君归

早看云浓密，心中隐惬期。

私猜昳必到，何奈怅凄迷。

暮计君来晚，阑干不将息。

数度窗下望，忍盼睹先机。

昏睡登琼宇，瑶池寄语姬。

速令仙子降，漫空舞霓衣。

梨落三千丈，清除世垢泥。

慰民霾间苦，抚我患医疲。

咏霜降

昨夜秋雨，今日霜降。人生过半，心气悠长。天犹如此，志唯以藏。诗以记之，清芳长香！

廿四时节老十八，天生命理带肃杀。

满腔一股清凉气，誓荡人间腐败花。

哲理

君子乾乾天运健，德行坤坤地藏禅。

人生坎坎须怀慎，处世离离尚守谦。

怒目金刚威固猛，低眉菩萨法无边。

精深奥妙知微义，博大光明悟混元。

打工者谣

乡村一点烛花愁，街市灯明舞不休。

静夜唤孙鳏寡苦，打工儿妇梦中忧。

大雪节气忧乡友

窗外月光冰冷否？寒霜疑似漫无边。

今宵暖气稍行不？孤夜枯抽两盒烟。

日思夜想赋

又是长夜难寝，辗转反侧思量。

人生意义何在，虚实名利难彰。

昨日追求价值，制定目标理想。

今日感悟无聊，消极颓废慌张。

有时愿做范蠡，转瞬又慕嵇康。

柔情温柳婉约，堪堪苏辛豪放。

既喜文人风流，又好武将沙场。

沉沦田园风光，迷恋号角边疆。

忽而入世孔孟，忽而出世老庄。

未来难定如此，内心无比彷徨。

按说年近知命，应当思维如常。

头脑阡陌纵横，不知该向何方。

虽然春天已到，但后秋冬弥长。

古往今来忧伤，皆因迷茫惆怅。

精神郁结不开，生命参透怎朗。

不倦读书追求，探索生命华章。

日观街市人往，夜赏苍穹星光。

闲暇修齐身家，忙碌实业兴邦。

内教家人成功，外助朋友起航。

感觉如此甚好，期盼涅槃霓凰。

酒后深得悟世言

酒眠

三五高朋酣夜宴，菜鲜肉嫩相谈欢。

夜长不梦浮云事，只盼天天枕酒眠。

柳絮

婉转飘零如柳絮，沉浮轻薄任熏风。

失魂凋落变污垢，得意飞扬跋碧空。

聒噪常招尊者厌，晶莹曾令谢家衷。

无知尝与雪争艳，终获公评是德穷。

夜宴

酒肉虽香知己少，轩庭流客似飞绒。

俗多失趣沉无语，避立花丛沐煦风。

无题

错将黑夜当知音，不想忧愁尽沁心。

书到深层唯痛苦，幽灵无力空呻吟。

夜吟

翻卷深思求解惑，不曾越想越迷糊。

恍然一梦行云里，多数情形是塞途。

无题

平生交百友，良言汇千条。

理智择一策，心仁奉一教。

淡泊福反至，贪侈运偏消。

且莫及春老，伤秋叹寂寥。

晨悟

凌晨忽觉醒，细雨入帏屏。

花逝遗禅语，悠然享空灵。

夜寐

梦幻最兢人面鬼，内邪外正善佳音。

适时清醒终不误，天道长荫厚德心。

三月八日会众文斗

昨夜微微酒色酣，皆因普鲤入龙潭。

聆听满座高人语，细品蔷薇纫佩兰。

无题

众里寻她千百度，非真非幻隐苍穹。

徘徊月下伤孤影，嘲哂心中锁俗笼。

酒到切情欢复泣，魂凝入骨醒而蒙。

不堪憔悴方回首，肩负沧桑又远篷。

酒梦

沾唇既醉渐幽梦，共与周公三斗愁。

秋夜露浓君且缓，天涯倦客望高楼。

过程

一

尚处娘胎便握拳，岂能混沌晓存难。

一生度尽方知命，两手空空赴九泉。

二

夏花何绚烂，一夕飘零酸。

萌茂枯衰历，盘香入土安。

通慧

入梦人生如剧本，醒知剧本误人生。

历经大道三千劫，方悟真凡洞空明。

醉悟

曾经沧海听箫笙，暴雨狂风遂透明。

世间功名皆幻影，洞中美酒轻浮荣。

自醒

来路朦胧去路迷，镜花水月易离题。

戏中戏外常忘相，亘古人人化浊泥。

执初行远

只顾眼前图当下，须臾迷惑路难寻。

做人做事谋长远，不负韶华不负心。

无题

道心法骨儒魂魄，竹节梅幽菊淡香。
几若清风几若水，无常门里思正常。

情不自禁

一寸茫然二寸惘，三分怅惘四分愁。
何时买得忘情水？浅入肝肠浅忘忧。

浇慢酒

荻花瑟瑟撩惆客，西下斜阳感慨人。
约友同来浇慢酒，半忧国事半忧身。

无题

成仙虽入道，小乘度单人。

真正为贤圣，行教泽万民。

君子不妄动，动必有道。

君子不徒语，语必有理。

君子不苟求，求必有义。

君子不虚行，行必有正。

狂妄无知

少年心气冲霄汉，不懂天高却是真。

做梦登梯攀屋顶，仰头便可摘星辰。

悟空

道观相师占卜筮，庙堂方丈供弥陀。

无形总有神奇力，混沌菩提隔道河。

纷繁俗世如台戏

纷繁俗世如台戏，你我皆为一演员。

唱好生平装扮者，曲终人散断情缘。

高处悲

孤寂源头涧石泉，悲哀偶有是高寒。

假如心大不忧事，便做神仙又何欢？

唤清狂

莫言前路多惆怅，何叹风流几彷徨。

人有嗟然无奈事，权抛落寞唤清狂。

俯仰矛盾

陶潜种豆东篱下，谢子兰亭待召人。

迷恋山云欲隐去，贪图浊酒复归尘。

忽渐清醒忽渐醉，苟且糊涂苟且真。

春喜百花秋喜雨，远忧江海近忧邻。

出世入世

抽烟燃寂寞，啜酒饮忧伤。

呆滞时烦恼，无聊且轻狂。

空虚招叹气，失志引迷茫。

此憾因心涩，该疲太窘惶。

重拾昔理想，延续写华章。

一水一程路，一山一信缰。

海深龙鲤戏，天远凤鹄翔。

解甲还嫌早，峰巅再议藏。

大气磅礴

大从微中聚，气势际天游。

浩养乾坤间，磅礴誉九州。

诗伤

搜肠刮肚寻佳句，夜半三醒梦里人。

情到深时常相伴，一珠一字泪沾巾。

行路难

天因不可攀而令人生畏，

地因不可窥而使人生惧。

日不言，乌云难蔽其光。

月不语，黑夜难掩其皎。

溪浅喧嚣，林深幽静。

上善若水，厚德载物。

君子受挫而自律修仁，

更加智慧，愈来通明。

小人受责而迁怒积恨，

更加狭隘，愈来愚昧。

曰：敬畏，培德，求索，有容。

炬

　　今日阴雨蒙蒙，秋意越来越浓，晨起夜梦神乱，释怀莫过西城。驱车欲止沣渭，修竹衰草阻行，公园一片萧色，无边寂寞伤情。亭内灯遭人损，不禁慨叹丛生，顺心口占一绝，教诲始萌。

　　　　炬在人前前路亮，炬于人后亮来人。
　　　　前人留炬后人享，莫视前人为垢尘。

春夏秋冬皆是诗

暮春

一

堤上垂杨黄转绿，桃枝出叶尾花蘼。

田园小麦忙抽穗，隐逸陶公展敛眉。

二

惆怅春残安忍别，贪婪流恋在烟林。

忽然一阵无情雨，便引忧伤入断琴。

三

霏霏细雨吻香蕊，花颊无言浥泪痕。

莫问痴情深几许，残红一地抚柔魂。

繁华吟

昂头高咏壮丽诗，俯首低吟婉约词。

最是清欢情难禁，江山社稷盛花时。

清明悲

清明何故在烟春，只为花香最入魂。

一蕊一腔追忆泪，旧痕未褪复新痕。

孟春兴怀

新雨初晴后，晨阳吐气缭。

桃花期蝶舞，柳叶剪愁消。

鲜衣沾微露，苍塬绽翠苗。

山河渐变绿，心绪涌春潮。

春赞咸阳

红黄白绿花簇湖，无限香气溢不休。

阿房宫赋千古唱，天下春光尽帝都。

春雪

一

春雪归来降瑞象，山川又复着银妆。

新苗怯怯遮娇脸，老树盘根汲水忙。

二

春雪初歇便隐踪，抢食黄雀乱嘤鸣。

地湿草绿寻归处，细看红梅蓓蕾萌。

三

天降仙葩轻旋舞，玉妆琼树漫惊眠。

初晨怅引红梅泪，修夜幽酬翠竹缘。

晶莹玲珑童甚爱，纯贞高洁士尤怜。

销魂最是行踪隐，却将青春绽柳弦。

仲夏伤怀

渭川新雨后，草木分明清。

醉酒断肠处，悲欢落夏英。

平湖夏雨

平湖来访客，入暮缓敲门。

借空斜斜舞，惊波缓缓洇。

荷邻迷玉润，鲤友悦清新。

犹似山头雪，销魂至碧云。

长安炎夏

七月长安天泻火，池鱼沉底雀不飞。

犬涎豕喘石摊饼，草靡禾焦泽失肥。

蒲扇难驱心里燥，星光不敌日余威。

小儿八九黑如炭，绿荫溪塘脱短衣。

雨记

清晨一阵滂沱雨，赤地炎城暑尽消。

但见郊田升紫气，伞人湖畔舞轻佻。

思

夜深入榻才昏困，却为飞帘醒月窥。

楼耸风时不约至，长惊幽梦难如期。

消暑

夜蝉嘶啸平添闷，蒲扇难消汗浸衣。

躁客莫得禅者趣，一片冰澈似临溪。

秋恋

河畔梧桐初凝露，金蝉嘶啸略含慵。
熏风已有清凉气，月上廊桥恋远峰。

秋绻

银汉迢迢星渺渺，碧波微漾月色溶。
荷塘一夜清风访，难忘花间玉乳浓。

秋狂

桂花静绽溢幽香，柳树疲累懒理妆。
碧水巧偷归雁影，无边风月荡清狂。

壬寅中秋感怀

壬寅年八月中秋，月明人难寐，月圆人不圆。谨以此文祭奠辞世七年的父亲，以表儿子思念之痛。呜呼哀哉！

一

清风飞多远，思念溢多长。

俯首托明月，传书诉断肠。

莹莹秋露重，漠漠夕烟凉。

洒酒冥相语，归居勿相忘。

二

天中无月风当酒，我自从心揽月明。

今夜不眠收玉桂，酿成花蜜慰生平。

三

少年赏月不知月，只忆糕圆枣味香。

今岁中秋时感怆，情离亲远鬓如霜。

冬夜

城南夜已阑，江北雪正寒。

倦客凭楼怅，霜桥别月残。

绝句三首

一 浓秋

风景秋来变漠茫，崇山不改往时霜。

去年碧叶今何在，新叶今年故旧黄。

二 小酒

小酒时常能觉性，昏昏即醉月溶溶。

曾经商海几浮落，复抱诗书觅禅锋。

三 居家

欣赏妻儿相逗趣，平安和乐笑语多。

不求禄米仓多寡，唯愿居家少劫波。

悲秋赋

秋风萧瑟，秋雨缠绵。

雾霜化露，秋波已寒。

鸟兽匿隐，农时赋闲。

山日见瘦，叶日恹恹。

懒卧热榻，神情缱绻。

手冰足冷，思飞绪乱。

四十迷惑，五十泪潸。

欲意圈马，心尚不甘。

浑浑噩噩，夜阑灯残。

俯仰取舍，前尘如烟。

穷也是忧，康亦是烦。

问君何绕，先天后天。

多情华发，酹酒微叹。

智者奴隶，君子乾乾。

时不我与，醉何以堪。

谁悲失路，难越关山。

与古人和

浮世三千，吾爱有三，日月与卿。

日为朝，月为暮，卿为朝朝暮暮。

人生百味，依恋有三，春秋与君。

春乃诗，秋乃词，君乃诗诗词词。

诗秋

初秋天净云清浅，正是江山弄色时。

风月有情君且驻，凭栏任性赋新词。

立秋郊思

景逢小岭添高趣，微喘不辞眺远情。

常得神怡烟雨梦，深思无限禄名轻。

消夏有感

一

黄昏唤狗同消暑，畜晓阴阳自泽川。

水面粼粼输爽气，空中缓缓荡纸鸢。

细思物象通禅理，深格芙蕖悟道泉。

最是惬情间俯仰，心安处处沐清玄。

二

焦炎怨夏烦，聒噪忆春暄。

失意秋风瑟，浑浊雪日寒。

人因娇惯病，贪乃咎罚源。

消暑知微趣，医心浴澄岚。

伏热

伏天何酷燥，晨早似桑拿。

炽焰熏昏蚱，狂浪哑懒蛙。

开窗无爽气，逸性少幽茶。

摇扇挥汗雨，观云厌彩霞。

风流如云

我在长安烟雨里，依依梦断曲江春。
南湖老柳飞残絮，今古风流尽作尘。

暮春感怀

青杏稚萌樱雨落，劫花枝节浴新禾，
休言春老添伤绪，万里山河谱碧歌。

春日郊游

二月野郊看细柳，水边最羡钓垂人。
徜徉花海同风语，沐浴湖光共日醺。
眼界尽头千壑壁，心灵深处万峰林。
生存荷重压稍减，郊游怡情复洗尘。

早桃报春

柳叶撩湖泛绿漪，东风化笔绘春衣。

常疑岸上桃沾露，定是人间画惹鹂。

摇曳传情姿曼妙，翩跹起舞影迷离。

红霓帐中倾香雨，诱惑无穷啄新泥。

春寒

春寒欲抑百花苏，不意青芽绽四隅。

岂是天时能逆转，明朝遍地绿如湖。

春在水边

咸阳驿外春光美，水暖风柔野鸭欢。

西下斜晖穿柳照，甲粼万点洗青阑。

烟春二月淋梅雨

一

烟春二月淋梅雨，久沐韶阳品蜜香。

深恨去年曾误约，莫嫌今岁见花狂。

二

烟春二月淋梅雨，旧梦依稀复上眉。

花木有情期可待，幽香婉转化新词。

春立柳梢头

春归何处觅，细探柳梢头。

渺渺经云墨，懵懵孕玉旒。

长情添新妆，善舞屈肢柔。

二月依依岸，怜人泪凝眸。

曲江春早

蜡梅吐蕊言春韵，如黛娥眉缓缓开。

风月徐徐添况味，无穷妙义沁心来。

深秋

夜间鲛珠幻早霜，金风贯袖激清狂。

徐徐阡陌吟唐宋，更醉蒲扇一片黄。

浓秋

秋未尝完冬味至，满园绿叶兀然黄。

一场暮起潇潇雨，无数残红失疏香。

秋晨

天高景远姿容秀，久雨初晴满眼新。

碧水青山多妩媚，中秋风韵赦韶春。

陌上游

一

陌上花开宜早行，绿荫浪里觅啼莺。

柳桃风淡浮香韵，尘染羁心沐逸情。

二

陌上花开宜漫步，草滩醉卧羡牛耕。

春泥翻作千层浪，百姓衣鲜驷马盛。

三

陌上花开忘旅程，白云悠远雁留声。

山河一卷丹青画，无限风光寓空明。

四

陌上花开云暮起，忽闻细雨碎飘零。

不知心劳归何处，清露沾衣叹日匆。

秋暝词

久阴初晴，霾尽云收。

唯余薄雾，佐伴清秋。

朝夕相幻，凝露如眸。

飒飒风骨，琢性情悠。

小麦青青，蒌草含羞。

层峦尽染，丹书漆绸。

兽藏林静，况韵更幽。

江山如画，无限风流。

河汉悬亘，斗柄西浮。

月明星亮，银辉遍畴。

川瘦塬薄，且自踌躇。

隐形守拙，尚德以修。

偶唤轻风，烹茶志喉。

天高景远，怀情亦柔。

抑或小酌，添许醉忧。

江湖蛰居，岂少闲愁。

夏说立秋

未历疏狂不忍离，奈何香叶恋南溪。

婵娟且慢歇歇脚，莫让秋愁染我衣。

夏诉立秋

今岁匆匆难掩涩，春迟秋早不留情。

最怨淫雨纷纷下，昨夜又来送我行。

悠然

我唤清风和朗月，漫游万水共千山。

蓬莱岛主若相问，淡泊浮华自疏闲。

暮春咸阳湖晚步

斜月似钩镰，轻风舞柳烟。

一湖柔水黛，十里寂无言。

夜噪田蛙早，楼垂绢笼暄。

闲情思漫步，半路怅春残。

春归何

春光昨日属山花，烂漫娇香没际涯。

春色今天归雨露，冰晶珍玉沁琼茶。

满目春色

杏仙吹竹柳弹丝，舞袖东君下大棋。

桃炮樱车梨白马，山河遍地秀王旗。

仲春

沙洲寂寞走归鸿，一树梨花吻暖风。

蝶舞蜂喧嚣浪袭，未尝细品已春隆。

惊蛰疫除

　　明天是三月五日，是传统二十四节气中的惊蛰日。传说惊蛰到，瘟疫除，权当这是一个美好的祝福。

山阳细雨山阴雪，穿谷东风入暖阁。

龙起虎出雷讯震，耕田遍地淌飞歌。

晓春

田间野草偷偷翠，疑怕春烦倦静柔。

不带一丝浮躁气，空灵微缈入清幽。

冬湖

冬湖虽静好，深浅难思量。

胸广装星斗，心虚纳万岗。

乾坤无极限，道蕴自然泱。

不识苍茫里，潜藏多少光。

冬趣

隆冬也引诗情兴，文火炖羊慢战冰。

六出晶花乘夜至，梅香几缕呼挑灯。

水、山、天

天接山兮山接水，水依山矣水连天。

山上为天山下水，水里容山也有天。

秋川访景

一

朝雾淡笼阡陌草，泽旁芦白偶添彷。

最怜初麦如婴稚，含露娇萌玉点妆。

二

丽日清风喧谷静，几岗红紫几岗黄。

遍寻峦衣斑斓处，拍照吟诗美欲狂。

秋分歌

白露才离迎凝露，中分夜昼引诗情。

十分月色迷人顾，一曲秋词和雁鸣。

山草疯长惊雀鸟，蛰虫坯户闹花茎。

喜欢晴空无穷碧，烂漫孩童放华筝。

山赞

叠嶂连绵成起伏，高低远近尽层峦。
心胸宽广藏沟壑，境界清高近月銮。

立秋叹

梧桐落叶夜阑珊，密雨斜风簟泛寒。
凝目窗思前路漫，回眸榻忆少年欢。
晨怀憧憬昏怀智，常饮甘甜偶饮酸。
知命知秋原一禅，既添豁达亦添叹。

立秋有感

落叶思归望大地，暮晨渐起寂寥气。
荧扇玉簟将收起，明月清风露沾衣。

七夕牛郎感

遥望河汉微欣慰，俯首轻叹夜色美。
难忘七夕团聚日，柔情似月复如水。

雨水惊蛰

最喜初春杨柳雨，清凉舒爽不寒心。
梦中化作桃花水，合韵风香画有音。

听曲

初闻不尽潮如雨，始信曲终弃旧琴。

花自飘零君且去，萧萧春色入桑林。

己亥元宵节杂想

今来古往月长明，势易时移境不同。

春浅长亭寒露重，夜深郊野冷霜清。

闲忧岁岁人渐老，轻叹年年志难弘。

满腹壮怀宜且忍，一壶浊酒慰平生。

冬去春来

花欲盘香沉入土，醉人香气溢八方。
乌云遮日缄无语，拨雾依然照四疆。

一

花欲盘香沉入土，忍将相思葬故乡。
来年春暖重枝首，报与东君慰叹伤。

二

醉人香气溢八方，扑面春光枉自芳。
河畔风筝挖菜会，村夫孺子钓鱼忙。

三

乌云遮日缄无语，震讯催云润地墒。
竹绿梅丹争相艳，喜迎春早换华裳。

四

拨雾依然照四疆，日头从不误春光。
浮尘乱象休猖狂，公正公平路最长。

清秋薄雾

浅雾入凝眸，怡情在野畴。

丹林妆素色，白露莹清秋。

隐约江山远，苍茫混沌柔。

迷离如梦幻，生翅御龙游。

冬雾

一

咸阳雾雨锁寒江，多少亭台隐远乡。

但见公园菊遍地，不闻枝上露花香。

二

莽隐形踪川隐迹，亭台楼阁舞霓衣。

寒鸦野树啼清冷，风送深帷几叹息。

我有知音梦里来

嫦娥怨

一腔幽怨诛新桂，几许离愁染鬓斑。

常悔灵丹飞幻境，独咽苦酒对金蟾。

但窥人世鸳鸯趣，复恨天宫倚枕寒。

长袖难舒凭空泪，蟠桃百万兴阑珊。

相思

一

夜静无眠翻旧册，常因寂寞忆卿音。

山花故地今开否？且趁春风化蝶寻。

二

拂面春风花戏水，婆娑细柳燕营巢。

去年伞下一抹笑，便引相思泪似潮。

神游

我在山上游，常闻天仙音。

一月复一月，俪曲洗艰辛。

朝闻如茶酒，沁脾复沁魂。

暮听似云雨，舒身又舒心。

感动视至交，顾盼转晨昏。

崇备兰与竹，礼撰诗和文。

沐浴斋戒后，整冠去访邻。

三日复得见，掩面在幽林。

优雅比仙子，妙趣胜藕神。

七艺皆精通，文华穷秋春。

更贵谈吐间，莺莺语如琴。

疑是天上客，遗落凡至今。

相谈甚默契，三观犹同门。

日暮苍山暝，浮云都觉亲。

挑灯邀山亭，新茶邀佳宾。

忽闻咔咔笑，弃纱露真身。

凝眸相顾不禁喜，

原来娇客是故人。

与君言

我为蕙兰君为竹，岁寒相伴永相知。

我为弯月君为柳，愿将浓情入黛眉。

我为晨曦君为露，朝朝暮暮莫分离。

我为寒玉君为雪，思盼归来不限期。

我有知音

我有知音梦里来，去年相约旧楼台。

楼台犹在君如梦，唯见红梅泪满腮。

我有知音梦里来，今年相约旧亭台。

亭台常在君如故，一袭红妆枕月开。

公子骑白马

一

公子骑白马，征衣北陌归。

剑眉星目朗，玉面长发飞。

芳华功成醉，青春自带酴。

风流习水墨，踏雪赏寒梅。

二

公子骑白马，征衣北陌归。

剑眉星目朗，玉面长发飞。

倜傥佳人醉，风骚皓月微。

解鞍能弄墨，执甲亦占魁。

三

公子骑白马，鲜衣北陌归。

玉颜银甲靓，朗目剑眉飞。

西巷方倾市，东街正闹帏。

阿婆知妾意，恰是璧人回。

忆初逢

长忆初逢多美好，兰因絮果空伤悲。
醉眠不解愁千里，半枕华发半枕泪。

惊蛰时节

烟霞浅拾几囊梦，夜静醅成杏花酒。
我且痴来君且休，萋萋思绪荫春柳。

落花泪

春残花逝入泥痕，难掩相思恋倩魂。
陌上依依君有诺，三生石畔待归人。

无题

一片深情似水柔，静心抚躁解烦愁。

怡如六月兰花雨，旖旎迷魂在颊羞。

七夕

月有相思月半弯，人因相思悴容颜。

多情怕被西风误，潸泪飞过万重山。

别牡丹

满园狼藉香遗处，一路徘徊忍别离。

最是泪流遮不住，更烦尘事误佳期。

思念

夕霞渐黛偷丽影，羞怯私情久入微。

心恨秋风轻惹泪，长亭忧盼旅人归。

中秋忆

经年仿佛渐离去，忽复朦胧上心头。

最是胸腔柔软处，楚酸依旧影长留。

树与叶

秋尽身无力，含悲奈子落。

经冬三月藏，春唤续前约。

秋思词

惆怅独上西楼，月半弯。

惟余孑立影倩，伞下闲。

缱绻青山如是，渐秋颜。

无聊细数落红，泪长潸。

红叶悲

我劝秋风徐缓走，且留红叶待良人。

秋风不解我情意，红叶飘零尽化尘。

春秋恨

春秋总被夏冬隔，冷热相煎倍折磨。

敢骂天公心毒狠，惹人平白泪婆娑。

露珠哀

谁说露珠非月泪，晶莹透亮乃冰心。
常悲日恨无归处，郁郁升华闻丧音。

相思梦

白日无暇顾，更深总入怀。
不知幽梦里，清泪干几腮。

秋雾吟

仙家洞府大门开，遗落流云在徘徊。
秋色平添幽夜趣，远楼低阁胜蓬莱。

相思泪

我托美酒做媒介，借醉将倾相思苦。
辞不言情唯余泪，哽咽难抑复自误。

谢军宴

谢军深秋聚亲友，夜宴相欢在槐乡。
高粱酒香飘万里，不及兄弟情义长。

秋色美女

如花美女拾秋色，曼妙玲珑羞玉叶。
长惹秋阳深侧耳，情歌一路染峦岳。

饮酒

一

留恋兰亭闲寄酒，流云榻上听涛声。

盖因迷乱误归宿，莫若纵情到旦明。

二

叹惜落英吞酒苦，莫名借醉恨霜生。

不贪繁华不贪贝，唯恋清风惟恋卿。

君耶

昨天才分别，今日便相忆。

念君宽宽肩，思君绵绵意。

愿为君衣履，日日伴君侧。

愿为君枕席，夜夜随君憩。

天地同相守，冷暖共呼吸。

生生缠绕君，形影永不移。

若高山流水，似飞鸟比翼。

血水不分开，生死永不离。

怀古惆怅不少年

知命

五十一年俄顷逝，恍如大梦度春秋。
常因情切伤不已，无数忧愁刻额头。

春怅

昔年共与君欢酒，曾倚红梅遣远情。
回首前尘哀鬓白，春风无奈怅莺鸣。

旋步

遍翻旧忆泪潸潸，多少心酸蕴隙间。
一路风霜一路雨，几湾血汗几湾澜。
回头已是淫奢事，旋步无非劲峭山。
我向天公重借剑，再令新途变欢颜。

创业艰

人生转战英雄事，商海征程肺腑诗。

宵醉归来三百首，篇篇皆是怆心词。

白露感怀　生命如四时

午后日疲，初露微凉，属水。

上乾下坤，暮露而藏，入霜。

廊桥伫立风张袖，归雁徒生旧志殇。

渭水秋来浮躁尽，借天一曲荡人肠。

衰老吟

千山暮雪一壶酒，老迈更觉晚境慵。

拄杖悲吟芳华逝，怜梅恨斥朔风狰。

夜深长喟星星鬓，心倦不甘漠漠冬。

拂晓孤愁重几两，落发满枕绕三城。

哲悟

卅年碌碌心疲惫，两季庸庸试养闲。

岁过五旬宜守命，归真修简享禅缘。

无语

酒醉狂歌常咏志，憨痴已是谪仙人。

醒经沧海方知水，无尽销魂反语贫。

无题

枯树昏灯愁隐隐，廊桥渭水恨悠悠。

法儒道子肝肠断，秦汉唐朝梦寐惆。

怜惜阿房宫外草，寒心细柳寨旁楼。

悲哀无尽憎霾雾，扑面而来噎满喉。

观《装台》有感

酒后高歌且放狂，舞台隐忍半身伤。

生如潮汐不休命，曲罢情醒悉彷徨。

闲步神得

湖边品月消残暑，一缕清香润肺田。

三十风流五十逸，平生日日书华年。

知命纠结

城南菡苕招人喜，竹席槐荫慢羽扇。

酒发幽情歌且舞，诗吟理想憧而悛。

离骚屈子能存慰，行路青莲亦寄眠。

知命不知何处去，半遮半掩醉山泉。

数桂花

夜读神疲生倦意，及暝却散思无涯。

怕因懒醒辜晨露，默数秋霖落桂花。

清愁

南城雁塔挂明灯，高远疑是夜宇星。

惆怅夏花生寂寞，小亭伫立啸西风。

田园散客

　　暮春已至，叹岁月流逝，华发染鬓。哀生命倏忽，光阴无情。托忧伤于诗词，寄惆怅于幽情。幸心有所属，情有所向。晒婉转多思，人已半翁。解当今之现状，终归静于田园。故赋歌一曲，聊以自娱！

　　　　碧色将穷意未穷，情如飞絮绪如绒。

　　　　夕霞西下吟风软，星斗东升叹月朦。

　　　　晚阁漫看千乘尽，躁蛙鼓唱早春终。

　　　　尚留一亩心归地，醉溺诗词是半翁。

困顿

　　　　婉转离眉又上头，春风难解自来愁。

　　　　常生择路煎熬苦，不禁唏嘘思扁舟。

寂寥

掩卷长思身所在，不禁潸潸泪珠来。

尘烟滚滚无聊事，休掩空明啜浊杯。

倦梵音

咸阳老酒沽尘事，夜漫无聊倦梵音。

且待寒梅凌雪绽，肃清霾宇沁冰心。

秋藏冬孕

蒹葭苍老言冬意，河水长情向海流。

落日明晨东复旭，却藏浮华赋田畴。

老秋

看完落叶看疲日，秋水秋风赋老情。
世间无穷惆怅事，唯余轻叹月蟾明。

思草悟道

人老常回忆，思维贵创新。
草花今干萎，来岁竞迎春。

韵

帘唤清风窗唤月，终南赠我百花香。
夜长且为幽兰梦，薄酒三杯敬落阳。

雨忧

一

观雨滨河路，草深暮色浓。

云垂花木重，独怅望江亭。

二

好个寒秋霜露降，即将凋谢百花忧。

徒看生命无情老，不尽长河万古愁。

三

绵绵秋江向海流，蒙蒙细雨度中秋。

齐家团聚齐家宴，几度欢庆几度忧。

露静味远

细听秋雨知秋静，时伴残花祭地声。

绕竹云烟愁更露，衔兰珠泪恨离情。

山觉寂寞山渐远，水感凝重水复生。

年近五旬知命味，养羞百鸟薄虚名。

岁末赋

听歌了无趣，赋诗亦无心。

恍然无所寄，惆怅若失神。

高楼看流水，低榻思白云。

秋去冬来了，已是曲中人。

忧思良久后，渐悟为何因。

孟德短歌行，乃吾之知音。

万物为刍狗，天地从不仁。

但为青春逝，意气却至今。

纠结多愁绪，婉转出佳文。

自慰尚不晚，朝夕只争晨。

忆年少

年少曾驰马，狼行瀚漠中。

激情绝冷月，热血溅寒风。

矢志舞长戟，飞身下铁城。

忆昔如大梦，但醉至冬穷。

少年忆

曾约少年游，追光在雨楼。

银须终所悟，稚语浊双眸。

曲意

操琴传乐意，寄调觅知音。

曲度两行泪，彷徨竟至今。

霜色

大江东去蒹葭岸，残月凄风更漏寒。

霜色不知红叶苦，殷勤敷粉到星阑。

浅醉

才欲挥毫书大志，一番倦意涌心头。

午时三两刘伶酒，及晚蒙眬入梦柔。

品茶修禅养雅兴

高士

书上逻辑难抚心，尚需实践洞乾坤。
修行最可悟禅事，高士从来隐谷深。

沐月思

尝得同夜观同星，恨恨春风每切情。
银汉迢迢隔不住，一腔温婉溢孤城。

夜吟

漫妆青绮招归雁，弦月初升雾幕残。
沧海含情珠化泪，琴心难抚夜吟寒。

等雪

今夜寒风紧，明晨应雪狂。

拥裘寒阁里，煮酒疏梅旁。

淬胆醅云志，焚情彻骨香。

苍天终未负，遗我一身霜。

宅居

一

寓居闹市飘尘心，双耳不闻鼓噪音。

洞得壶中天禅趣，何须卸甲在山林。

二

莳花弄草非闲事，养性修身寄远神。

疏影一枝陶品性，静居斗室亦游春。

夜书

砚池翰墨溢幽香，宣素氤氲夜未央。

毫管自含精励气，但期明日绘华章。

红尘一曲

莫令英雄弄管弦，红尘一曲尽愁眠。

人生快意江湖会，把酒言欢是夙缘。

渔乐

仲夏湖边微发汗，钓钩飞向小壶天。

不为鱼鲜为渔乐，更悦青波沁乏田。

宣情

清风入我喉，贯我满肠柔。

山水弈遐景，宣情在远眸。

初冬钓者趣

老苇银须飒，寒池玉面平。

峦山着彩画，柿树挂红笼。

倦日行程紧，贪渔跺脚重。

霜竿寻乐趣，皲手甩钩缨。

夜吟

晨咏朝云暮咏钩，江山不爱爱扁舟。

春风一梦三千里，从此人间独养愁。

独饮

欲觞酣酒无知己，徒钓西风醉寂寥。

邻座满朋君莫笑，老夫自哂独妖娆。

自饮

兰室茶正酽，华厨酒尚温。

研磨酬怅志，绕指戏烟痕。

顿笔观星幕，牵情品楚魂。

布衣忧国事，失意向元门。

渐悟

一杯香茗添禅韵，半日清醒半日呆。

静坐幽轩思远路，魂游太极空明来。

夜娱

细雨吟惆怅，高朋拟物情。

人生何处趣，雅志淡俗名。

心恋一畦景，胸装万壑星。

夜娱邀北斗，斟酒宴兰庭。

夜读

一缕兰香清透露，轩帘不晓月几更。

且贪残酒寻幽梦，却泡浓茶候启明。

人老易思童稚趣，心闲已倦物相名。

养恬弄墨耕前愿，修性涂鸦复幼萌。

闲致

青茶为佐料，水墨当佳餐。

暮月研唐韵，晨晖恋宋烟。

读骚修芷草，品赋伺幽兰。

早步拾夕露，新颜沐老泉。

午茶

一人一盏一心闲，一悟一觉一重山。

留点心魂宜静处，凝神闭目享悠然。

翰墨缘

三更洗砚清墨渍，依依难弃指尖香。

迷魂轩中云烟趣，今夜不眠做管郎。

自尔尔

池鱼人饲养，欢乐戏荷丛。

溪鱼啄青草，悠闲泳山风。

海鱼搏巨浪，待运化鲲鹏。

志向不同尔，结局分虫龙。

井蛙窥天小，寒鸿图追星。

或为砧板肉，或是意从容。

动弦知曲意，将军掌时令。

何能自尔尔，悦性在兰亭。

况趣

岁临半百培闲趣，几喜几悲忆往常。

三十载情不矢志，亿千金利难穿肠。

俯收陌北芙清露，仰嗅湖南桂浅香。

回首前尘如旧梦，埋头新乐理曲章。

颂梅

谁言腊月尽荒芜，且品寒梅笑夏姝。

疏影幽魂君子骨，握瑜怀瑾入冰壶。

逸趣

怡情陋室茶微酽，悦性轩窗墨淡香。

偶尔相邀三五友，流觞小酒酌轻狂。

无题

清风趁夜掀窗幔，隙月推云浸户栏。

掩卷春秋辞庙事，寄情山水入林泉。

禅悟

晓月残风醉玉莲，塘边顿悟一畦禅。

五十通透知天命，千万糊涂乐华年。

名利得失如粪土，情怀取舍似石磐。

喜看家和国昌盛，无限温柔弄管弦。

弄潮

今夜河滩闲散步，春生狗尾比人高。

天阴不见婵娟影，灯火辉煌自弄潮。

明前龙井歌

春芽一寸一寸长，寸寸晶莹溢翠黄。

天地精华泠肺腑，幽芳清韵吐诗香。

端午与友酒酣记

粽甜酒美观蟾桂，语重歌柔忆旧情。

君子谦谦如旭霁，知音脉脉似温琼。

持真守朴怀童趣，知命从容慰老荣。

雅俗兼容皆智慧，觥筹交错咏生平。

网游

网上神游客，身牢志难囚。

新闻知四海，微信晓七州。

坐室逛商场，居家品珍馐。

日行八万里，掌中宇寰游。

渔翁

慵慵倦钓翁，渺渺碧波中。

收放藏禅意，浮沉寓一生。

甩杆明取舍，拉网晓饥丰。

淡定合天道，知机状释僧。

爱好如此

时常爱凑三两句，既慰平生亦赋闲。

绞尽脑筋思美语，索求妙笔上高山。

偶成一首如拾宝，胜却十年空赚钱。

幸有此番酸兴致，不虚韶华润心田。

情寄山水归田园

回首忧思迷路远，不堪陈事搅荒烟。

寄情山水从今起，不醉官商醉垦田。

释义

坐禅最是听花语，入定尤其格物言。

历尽沧桑方顿悟，万般曲折总归元。

读书自娱

一生读写润心田，不羡虚名爱华年。

文里自含无限趣，书中常遇乐无边。

真水无香

山间湖泊看似浅，因净因纯眼尽穿。

汇聚百川成大泽，纳凝万雨遂深渊。

无香真水千山润，思禅仁心半顷田。

但得一丝任性气，胜过无数悦人嫣。

无题

静观湖波心皱起，风惊月影伴愁生。

世间一片喧嚣语，弦断难闻白雪声。

我离尘世三重山

我离尘世三重山，寡静凌寒慧眼开。

浮空琉璃如幻境，空灵含蓄涌胸怀。

遣排污垢迎清爽，培养浩气降雾霾。

红日一升霞万丈，阴虚尽散朗明来。

赠老友

荻老木枯冬瑟瑟，霾弥天暗雾沉沉。

闲来寻趣牵黄狗，日暮荒川且散心。

诗阐

烦尘拂扰无情绪，不敢轻言奏华章。

佳句从来神做意，苦思冥觅枉彷徨。

偷闲

心怀文人诗酒愿，胸差骚客风流感。

最是无奈陷凡尘，俗生难静赋雅闲。

偶来荒野觅滋趣，却求清风慰苍颜。

槭木溢香山烂漫，野花吐芳舞斑斓。

归来

吾家小院草青青，五角枫林荫半径。

倦倦归来留恋处，怡情莫过枕兰庭。

看雪八态

看雪暮岭侧，
草庐浊酒小火锅，
山川茫茫混沌中，
点点红梅傲霜风。

看雪高楼上，
竹帘布裘生铁壶，
红袖相依畅怀笑，
弹琴吟诗宜妖娆。

看雪廊桥边，
大河依旧东流去，
天地沧桑朔风强，
身虽疲倦心却狂。

看雪驿路末，
萧萧流年萧萧风，
铁骑奔驰热血腾，
一气呵退万丈冰。

看雪竹林里，
君子不争众芳艳，
剑叶冰雕胆气豪，
节节虚心道德高。

看雪田垄畔，
游魂飘荡少年梦，
阡陌纵横一片白，
万物寂寞尽仙释。

看雪松林内，
笙歌笛声皆难闻，
宇宙乾坤咸不言，
如隐藏形化无间。

看雪朗日下，
云蒸霞蔚千丈光，
玉树琼花澄明净，
银装映日素安宁。

无题

平生崇淡静，却被幻尘侵。

视利为空履，酌情守本真。

理多常受累，性善兀伤心。

醉眼看俗世，长行且啸吟。

拆字联

上联：竹寺为等，日月为明，人需为儒；下联：秋心为愁，雨路为露，衣单为禅。

等在竹寺，云遮日月，人需孺子明乐理。

愁含秋心，雾锁雨路，衣单禅林露沁寒。

托物时咏守心志

咏志

常迷秦岭日升荣，醉美咸阳月分明。
静夜惠风三百里，书香一路载鹏程。

静夜思

思绪更深万里长，神经发散杂无章。
凝心梳理复清醒，不断求知当自强。

商志

三杯浊酒入肝肠，血脉偾张似倒江。
无数艰辛心上过，几多困厄泪中滂。
幸存壮志曾拼命，安忍豪情竟荷伤。
克俭克勤创伟业，立德立信做儒商。

咏志

铜铸筋干钢铸骨，千秋忠勇贯肝肠。
妖魔鬼怪浑不惧，我乃擎天立地王。

醉醒人生

谈笑常因贪酒少，寂寥不是酒贪多。
人情冷暖皆非昔，长使丹心向楚歌。

疲倦吟

闲来无事嚼平生，功业长闻凤泣声。
早日逃身三界外，半医肝胆半医情。

诲人

致富不难治德难，犹如身健却心残。
平凡生命藏真谛，高尚灵魂最尽欢。

无题

世事变化无常，人在顺风顺水之中和在逆境之中，会有完全不同的心态，所以不忘初心、坚守道心尤显得难能可贵。

冰心一片满腔柔，觉悟无常解况愁。
长守孑然君子气，清风朗月凝禅眸。

古风

幽窗灯一盏，陋室简千笺。

观略不研术，耕文培德善。

平生

浅酒清茶淡淡欢，安贫适富性如兰。

非为君子无鸿志，沧海一生贵品檀。

无题

山高暝色早，林密露华浓。

重涧盈岚气，清风抚雪松。

潭深涵翠玉，海阔伏潜龙。

仁义先天下，忠坚冠绝峰。

或醒

掩卷深思尘世闹，关机细得穷幽妙。
急辞乱絮洗浊心，励志修身勤问道。

性情

恒守初心正赏色，多情岂是猥奸人。
尝游花径辞香露，不采春枝不绝尘。

无题

一分痞气通凡俗，三分清狂憩碧梧。
最爱六成文胆正，不沉污淖浪江湖。

茗言

侬本天庭仙籍草，琼霄宫殿是家乡。

结缘炎帝来人世，钟意清泉驻岫冈。

山岳灵津滋隽秀，星辰精气孕幽香。

潜心禅韵通微理，淡泊浮沉满庭芳。

少年忆

长忆青春潮信勇，江湖纵马舞狼烟。

风尘万象难迷眼，铁胆雄魂抱剑眠。

冬暮

日暮残阳情似困，无边雾霭锁林飞。

野郊塞满冰霜气，天北寒星播玉辉。

轮回

一岁一岁又一岁，岁岁春去复春归。

喜看儿女如花盛，嗟叹银霜映朗眉。

神滞背驼终不悔，齿松腿软莫曾悲。

芳华自有新来者，生命精神代代醅。

野草颂

生命虽微精气炫，百花争艳亦轩昂。

春来默默茵千里，秋尽幽幽魄万乡。

郁郁锁萦尘世土，绵绵吐哺地天香。

非凡自带何须赞，野径无人我独芳。

赋德

有花甘为绿叶，无花宁守长青。

不求娉娉姿美，只愿懿懿德馨。

梅情

野旷枯躯独泣涕，忍招飞雪弄风骚。

知音赠我冰清意，我报丹心志玉梢。

老将

驻足溪塘羡钓翁，雄关漫道难收弓。

跃渊骏马思千里，征将沙场咏大风。

冬韵

一

最是荒郊留恋处，寂寥无尽却天宽。

薄裘虽冷梅前久，抱守孤香不惧寒。

二

几缕俏魂潜夜入，冰心请酒意翩跹。

阳春虽伴花无数，雪独梅香一世缘。

三友颂

青松不失志，梅韵傲风雪。

最尚婷婷竹，恒持寸寸节。

且坐

　　兴平市有小区曰海城华府，小区内有一小广场曰和谐广场，另有一大广场曰中心广场。两处广场皆依照苏式园林建设打造，其中亭台轩榭错落有致，廊桥幽径九曲回肠，樱花丽桃姹紫嫣红，青竹松柏四季常青。白日莺鸣燕舞，黑夜霓虹流光。小区内人文景观与自然风景相得益彰，沉淀着厚重、思辨、趣味的知识环境，流淌着安乐、吉祥、温馨的居家氛围。小广场内有一座亭，名曰知己亭，亭中有联曰"识己联"，上联：信步中途思憩步，下联：知几半道忖忘几。大广场未来也将会有一座亭，曰且坐亭，亭中有碑，碑上有诗，诗曰《且坐》。

　　疲惫且停缓缓劲，复行方得绵绵力。
　　无边风景观不尽，守静修禅或更得。

江湖行

　　一路风霜一路尘，茫茫江海几逡巡。
　　八十一难休移志，俯仰乾坤守本纯。

酣梦

酒喝糊涂渐次清，半醒半醉半峥嵘。

情怀依旧心如故，征鹤晴空播远声。

乾坤

适逢运势当降虎，逆境潜龙暂催眉。

虽抱胜天棋半子，长风破浪亦乘时。

涅槃

十年寒暑书山苦，一夕沙场大点兵。

不怕青春飞汗累，但闻长空凤龙鸣。

孟夏末有感

夏风艳艳喧嚣乏，烈日渐盛长荫凉。

喜啖几牙瓜沁腑，一腔清爽噬炎狂。

自悟

一

俯首登山知行苦，苍颜渐老从容难。

白云峰顶寻归路，沁骨凄风不胜寒。

二

独坐幽篁思得失，清茶一盏次渐残。

平生最忆难能事，依旧冰心淡似兰。

林荫寺深自得趣

春穷信马随山走，伴有幽香扑鼻来。

丽日吟诗添雅致，柔风浅唱似徘徊。

云飞绿荫生禅境，岭转茶楼隐竹隈。

静夜凉亭闻佛曲，清晨小寺拾花槐。

战马赋

奋鬣扬蹄飞尾扫，超尘绝迹跃龙鸣。

风云变幻新雷动，再伴江湖伏虎声。

怡然自得

人生最好四十八，年纪方才正芳华。

前经挫折得阅历，后感欣慰赋诗茶。

尚安身体仍康健，更乐环膝似旭霞。

深悟成功无近路，天机常护有德家。

根

凌寒忍暗潜藏苦，躯干枯黄意志坚。

没有芬芳凭空降，碧瑶出自淖污田。

夜雨兴叹

夜忧春雨淋香急，晓看哀红浥泪啼。

闻说商州诸县雪，叹息关外父兄疾。

历来庚子不平顺，自古凋年甚恻凄。

天教庶人怀敬畏，以农为本理田畦。

学诗修禅

晨烹一盏茶，暮赏万缕霞。

美酒添思绪，清心理佛裟。

新诗微激动，好律小褒嘉。

疏淡从高士，平和习释家。

仁者无敌

山生松柏山长翠，地哺渔粮地德馨。
哪有器才能永胜，忠仁智勇照汗青。

我有豪情

我有豪情不惧死，皆因老幼养难离。
奈何到了非常日，奋勇顽强必弑敌。

养气

山高不过太阳，水长难逾天际。
身如宇内尘埃，命似宙中瞬间。
培育浩然正气，但留一点精神。
天地存我魂魄，虽死犹生幸甚。

论道

薄雾如纱笼月色，清风贯袖衣襟飏。

额头深刻忧天意，鬓角尽染悯世相。

恨不长擎屠贼剑，但能阻杀噬魂狼。

诛身不止诛心尽，怒目金刚讲佛藏。

自悟

品静宁

坎坷磨难皆阅历，功成名就乃浮荣。

人心贵有知足乐，淡泊兴衰品静宁。

修从容

近期务实不虚空，纵横商场志满胸。

立足本行求善果，修身积德且从容。

英智雄胆乃全才

北国贪烹鹿，南方喜食鸿。

牧歌山岭间，猎舞泽湖中。

地域存差异，风华固不同。

厚山非薄水，好雅莫辞雄。

志再战

曾经闲赋南山马，今又重新议猎鲸。

不愿平安累意志，再谋宏业起征程。

未来结果遑不论，唯有当前奋力行。

青壮不留遗憾处，老垂方敢笑几声。

豪迈兴

半生写尽萧萧意，皆为创业百战难。

今日归闲豪迈兴，敢令秋色艳如丹。

心境

开窗换气观风景，关户寻书访圣贤。

胸中自生芳华气，人生处处美胜天。

慰俗生

烹茶煮酒论成败，赏月吟风慰俗生。

不失不争真品性，无怨无憾任吾行。

夜读叹

乌啼霜满，星移斗转。

茶雾氤氲，思绪流散。

与古交融，学习先贤。

以史为友，增才加干。

诸子百家，助我思辨。

诗经楚辞，壮吾文胆。

唐诗宋词，芳我华年。

明清小说，润吾心田。

汉赋魏晋，佛道教善。

二十四史，资治通鉴。

书法绘画，仙品遗凡。

琴瑟戏剧，律化广远。

开卷有益，获智慧眼。

闭卷常悟，怡情绵绵。

而生有涯，孜孜不倦。

而知无涯，子夜轻叹。

守心修身

推窗望月生秋兴，关户烹茶写华章。

呼去浊污闻气鲜，品来神采沁心房。

成功贵内不崇外，生命求精不在长。

常正德行言守信，慎贪名理法为纲。

疏淡人生

倚窗看叶落，卧榻咀新闻。

惆怅人将暮，彷徨酒欲醺。

失眠常问月，养性且观云。

迷路勤参斗，偷闲懒理文。

浅图名

　　23 日，槐里《醉美新兴平》文学交流群，天马文友即兴出对：淡月梨花千古韵，本人承兴应制而联：寒霜竹节一腔情。随后才女孤月冷梅出联：唯有幽芳深解意，我又遇得一句：且怀淡泊浅图名。事后怕遣词用字不太准确，又琢磨一番，忽然发现还两联字词稍作调整，拼合起来竟是七绝佳诗一首。

　　梨花淡月千年韵，竹笋寒风几节情。
　　唯有幽芳深解意，且怀淡泊浅图名。

平生有志

　　闲寄诗情赋茶酒，亦想上马舞狂胡。
　　恨不斩尽不平事，独让清气满世留。

无悔人生

一

一程山水依风雨，半世平凡读春秋。

亦有从容亦有痛，常心淡泊任悠悠。

二

少年曾慕万里侯，今日无成不觉羞。

咀嚼米茶寻兴趣，且思生活一片柔。

三

笼哥虽逸坐羁囚，劳燕奔波享自由。

利禄虚名皆梦幻，不做带轭一耕牛。

雪中三友颂

久扣柴门追雪影，细探幽径嗅梅香。

岁寒休夺竹节韵，冰沁难压松骨刚。

自勉

雪降枝头疑警告，莫因春到空喧嚣。

敦实砺性别浮躁，缄默凝神善晦韬。

一半人生重厚稳，三分自信薄轻毫。

余生尚有千般事，万里长征又起锚。

风歌

夏风吹扫波涛涌，冬风狂拂水难兴。

疑似冬水重夏水，却然夏风胜冬风。

春风三日千花放，秋风一宵万叶惊。

休道哪令风更劲，唤乘寰宇觅诗情！

茶道

闲烹壶中叶，静淡世俗身。

浮落藏禅意，氤氲透梵音。

坐思琢柏雪，行悟润山云。

默默持初本，悠悠守赤心。

乱禅

时丑思维仍跳跃，非集而散倍煎熬。

岁经沧海知天命，心历凡尘念倦巢。

垂钓山东韬谢氏，泛舟湖太藏朱陶。

修身养性波罗蜜，自在从容境界高。

文成于苦

文章锦绣千卷过，作秀盲拼字难安。

沧海桑田非一日，冰霜三尺剩孤寒。

精心

静坐门楣处，聆听草长声。

闲思荷夜雨，细叹月溶情。

消磨心难醉，蹉跎梦易惊。

凝神心守志，缄默斗安星。

自勉

苍面横纹华发生，惆鸣远志苟微成。

莫停飞羽徒嗟叹，浴火霓凰御大风。

将军吟

胆饮狂风刀饮血，烽烟尽处顽未灭。
莫贪室暖鱼羊香，自古功成毁于泄。

属意

我携诗千行，穿古来流殇。

邀白共进酒，酣醉比清狂。

访甫齐望岳，临江论盛唐。

王孟宴上宾，郊岛舍里郎。

赋兴排云起，咏歌搏激浪。

怪少人常痴，情弥礼多慷。

沙场经战略，杏坛乐华章。

不羡君米禄，属意在衷肠。

守心铭

我有无穷乐，唯言挚友听。

常怡壶中趣，但醉涧边亭。

乘兴书诗赋，含悲刻志铭。

坐禅如古佛，入梦似浮萍。

品劣终来往，才高进内屏。

政经时挂齿，方略在神廷。

蛩蛰兀长号，蚕眠独自醒。

不图天地远，静守凡心宁。

山丹丹辞

兜率仙丹忽落地兮，化身仙珠。

每逢夏秋之交季兮，漫山红遍。

百姓珍爱其赤艳兮，唤山丹丹。

生命如火般燃烧兮，热情奔放。

携清新而略风尘兮，土中藏金。

踔向天而接地气兮，坚韧顽强。

怀傲骨而亲烟火兮，贞贵平凡。

相娇艳而品质朴兮，微笑含章。

士常重某难活兮，视为珍贵。

焉因易养而鄙兮，弃之山野。

吾视其为君子兮，歌以咏之。

期千载而流芳兮，花中盛誉。

词作集

如梦令·月桂

夜雨晶莹寒露，忘却低眉重树。恨欲乘风归，潇洒飘零如故。且驻，且驻。莫负桂花约聚。

卜算子·品莲

夜半雨来凶，花木清晨秀。牵挂青莲趋塘池，悲喜相依旧。方思周元公，便恨围边莠。玉面鲛珠君子泪，古是今非久。

满江红·庆党生日

慢展红旗，一幅幅，画卷浮现。哽咽中，几番钦佩，几番悲叹。万里长城埋血骨，千年基业还忠愿。切身感，赢得国旗红，何其难。

长自洁，生机焕。锤斧艳，民心坦。承前辈精神，励志行践。最喜江山初色葆，更令宇宙清平晏。全民庆，百岁诞辰安，康无限。

蝶恋花·庆党生日

壮丽山河无限秀。举国欢腾，庆党期颐寿。中华儿孙齐唱吼，凝心聚力惊寰宙。

变幻风云如怪兽。国力强盛，才可文明狩。爱好和平天必佑，枕戈待旦毫不苟。

蝶恋花·清明酒后伤春

性格疏狂泥釜久，淡亦风流，偶将诗门叩。尝得俗词三五首，忝颜得意邀觞酒。

醉叹桃樱春晚瘦，飞令杨花，速把春来守。夜里忽醒听雨漏，潸然泪下潮清昼。

丑奴儿·飞花

飞花飘雪徒添乱，偏惹相思，偏惹相思。难抚尘心，无奈请茶陪。

聆听杜宇依枝泣，夜半徘徊，夜半徘徊。邀月相和，婉转寄新词。

桃源忆故人·长恨歌

骊山五月彤如血。忍抑明皇心悦。色染罗裙酥骨，博美人欢靥。

华清旋舞飞红雪。不及爱情炽烈。叠叠百偎千屈，煨一腔痴热。

定风波·怡兴

冬有骄阳春有寒，草繁花锦凭苍天。智者偶然能借势，平日，漫看风起水云间。

昏眼凝神论世事，闲暇，读书修德种梅兰。窗外忽闻蛙蝈语，俄顷，夜深雨打便无言。

满庭芳·杏花泪

长恨歌幽，骊山汤暖，梨园丝竹新调。不禁入胜，魂断故盛朝。霓羽复而胡旋，曲未了、冀北烟燎。仓皇间，马嵬兵乱，碧血染荒郊。

春风无限怨，奴今去也，还尽琼瑶。杏花落，尘缘似梦香消。云想三谣如幻，胭脂泪、娘子更娇。纷纷雨，唏嘘繁华，哽咽问渔樵。

遐方苑·立春

花已蕾，梦将飞。早草初萌，数枝红梅娇翠帷。柳衣桃色影涟漪。怕春寒弸忘，紧徘徊。

忆江南·歌兴平

一

金城好，岁岁谷盈仓。福地洞天风雨顺，京畿重镇拱君王。居立国中央。

二

金城忆，最忆茂陵塬。汉武雄风真血性，夫人倾国单于寒。丝路望狼烟。

三

金城醉，长醉马嵬坡。老子参禅谋道处，孙儿残梦泪婆娑。依次入烟萝。

四

金城美，美食圣流涎。春季槐香秋季蒜，冬天醪酒夏椒鲜。香气落飞燕。

水调歌头·忆梅

华室宅居久，最念雪中梅。不知城外阡陌，君可误行期。我欲冲窗而出，又恐雾霾沉沉，徒子子喑悲。信笔画几束，聊以寄相思。

着彤管，研黛墨，蹙思眉。倩姿玉骨，横戟疏影意徘徊。不是凭空君子，更贵寒冬绅士。约寂寞同归，却把春来唤。魂断梦相依。

渔家傲·秋意

千百年来龙寄语，丹心碧血卫疆土。一片江河多楚楚，不禁怒，华夏岂惧腥风阻。

万里长城吟战鼓，犯边必诛随狼舞。高啸山林王为虎，休止步，射天利箭凭强弩。

一剪梅·岁月悠悠

寒食残妆满面眸，不知泪流，还是汗流。漫嗟飞絮柳杨头，也有春愁，也没春愁。

淡看渭河水自流，一声叹息，岁月悠悠。东风自带绕指柔，清气渐开，浊气渐休。

一剪梅·清明节倒春寒

三月斜风冷似秋。肥了绿叶，惊了花柔。纷飞柳絮乱弹琴，倦了荣华，更惹烦愁。

闭户蝶蜂如急猴，魔疫不尽，倍感嗟忧。古来万事景随心。因近清明，情自难收。

卜算子·立秋

子夜雨绵绵，晨起秋来渡，初醒惊蛰不知故，颤翅何酸楚。

清风绕迷离，但诉凄寥苦。常忆高冈朗月处，最令人回顾。

如梦令·思归

近日雨勤风骤，心老身疲自围。欲语已情休，唯愿奉心移柳。太久，太久，忘却儿时星宿。

平韵如梦令·思归

几日西风催秋，心老情疲多愁。欲语已情休，何处魂归心忧。养羞，养羞，顺从本初悠悠。

相见欢·菊桂重阳

秋逢寒露重阳，引叹伤。菊桂黄花轻惹思高堂。

多少梦，难相望，问苍茫。能否续缘来世教儿郎？

水调歌头·忆杭州

青涩到知命，向羡江南好。欣闻浙大培训，梦中亦频笑。当夜预订机票。魂魄飞往断桥。但恐太匆闹，惹扰荷中鸟，唯律己悄悄。

伴知己，听暮鼓，仰天啸。断桥叹月，风采不逊江南少。文水词山诗校，美景画音禅庙。语尽意难表。愿余生居此，烟雨任逍遥。

定风波·本命年初九梦鹳雀楼愁

昨夜偶做一梦，梦见鹳雀楼上王之涣吟诗，遂醒，故填写《定风波》一首。

冬日残阳风满楼，萋萋荒草道还休。闲听破冰声声碎，微醉，独吟千载梦悠悠。

四季物相藏阐数，慢悟，有时舒畅有时忧。坎坷尘凡无定理，深思，半生洒脱半生愁。

西江月·忆初见

情意最思初见，一颦一笑皆欢。心无芥蒂双双妍，两两无猜爱恋。

久处嗔痴不敛，唯余厌倦无边。怨多贪甚互看烦，横挑鼻纵挑眼。

诉衷情令·倦鸟

俗尘纷扰倦心劳。疲惫觅归巢。陌居温软舒雅，遮雾挡霾飘。

凡间事，永喧嚣。语无了。此时此景，思绪飘忽，轻叹诙嘲。

江南忆·别后长相思

江南忆，别后长相思。梅鹤柳荷风隐趣，堤桥湖月画含词。魂断梦依依。

杭浙忆，暮雨最离离。西子捧心商圣泪，轼生春晓美人眉。游子意归谁？

如梦令·浓秋

寒蛩悲咽断肠，空中浩荡冰凉。晨起白霜冷，满园触目残黄。恓惶，恓惶，落叶最令情殇。

临江仙·晚秋兴怀

华灯初上霜归路，落英寂寂飘零。人如秋暮鬓星星。不禁惆怅，长醉复间醒。

登山每阶皆起步，老鹰四十重生。挥毫泼墨续新程。风流继续，今昔共争荣。

水调歌头·芦荻情怀

江渚一畦苇，阵仗似排兵。不知哪部天将，行猎阅长缨。梦忆青葱春早。稚嫩朝阳俊俏。潇洒舞峥嵘。却醒莞然笑，嘲哂鬓星星。

绕沙豁，开野径，访芦笙。近尤意怯，须发俱白亦迷卿。贪慕鱼虾为友。历尽秋风不朽。故视为惺惺。倏尔凝眉展，怀傲赏秋英。

天净沙·秋怅

九月十四日夜，风雨交加，惊醒而作。

人生如酒，三分甘甜七分悲苦，初饮浅尝，辛辣难咽，然久得其味，遂获超然智慧。人生如蛹，作茧自缚，破茧成蝶，蝶复产卵，卵复成蛹，周而复始。通此理方妙悟天道轮回。且让吾以红尘作酒，蛹虫调味，一饮尽消旷世清愁。

落叶暮雨西风。长天秋水蒙蒙。混沌难禁入梦。吐丝成蛹。怅惘飞上苍穹。

现代诗

中秋佳节思故乡——送给台湾同胞

当微风吹拂湖水，

心儿掀起一阵阵涟漪，

我举目四顾，

东也有你，西也有你。

当小雨送来凉意，

远方天边挂起了虹霓，

我久久伫立，

近也念你，远也念你。

当明月初上天际，

池塘田蛙一声声悲鸣，

我问问自己，

昔也恋你，今也恋你。

当寒冬大雪纷飞，

世界留下一片片沉寂，

我长长叹息，

抬头惦你，低头惦你。

啊，故乡……

你是我写不完的日记，

醒也思你，梦也思你。

你是我魂牵梦绕的土地。

老街

老街的小径两边种着两排国槐，

午后的阳光穿过稀疏的树叶，

在宁静的街道中洒下斑驳的风景。

老街的时间仿佛是静止的，

即使流动，也是看不见的。

老街承载着我儿时的梦想，

新街启迪着孩子们的未来。

梦想与未来不同，

梦想有憧憬，有快乐，

有温度，很浪漫。

未来有希望，有责任，

有些冰冷，有点沉重。

以前走过老街，

东头的二伯招呼着杀瓜，

西头的姑婆招呼着吃饭。

如今二伯与姑婆走了，

其他的老人也陆陆续续地走了，

年轻人很多都搬离老区去新区了。

老街就没有以前热闹了，

总感觉少了很多东西，

显得有些寂寞了。

随着时间的流逝，

消失的是邻里，是亲人，

更是浓浓的亲情。

我徜徉在老街上，

踩着长满苔藓的青砖小路，

抚摸着斑斑驳驳的泥瓦矮墙。

童年的趣事一幕幕依稀如昨天。

大年三十彻夜捡炮仗，

正月十六满街奔跑着燎花花，

钩槐花、打枣、放羊时驱羊打架，

池塘中一群泥猴嬉闹。

那时的记忆是多么的温暖，

犹如人生初见般的美好。

所以我答应自己，给心放假，

去追逐那幼时的青春，

简约、纯真！

我的青春我的歌

安居于市井，

钟爱着尘世间的尘烟。

当夜幕来临时，

那一缕缕绕村的雾霭，

那鸡鸣狗吠的歌声，

那一声声唤儿的娘音，

是我魂牵梦绕的乡恋。

徜徉于郊外，

倾情于原野的晨露。

那一点点舞动的精灵，

晶莹地立于草尖、或躺于叶面，

无不勾起我对生活的热爱，

赏春花夏月，咏秋雨冬雪，

我心里充满着诗意的缱绻。

仗剑在天涯，

醉心于驼铃演奏的苍茫。

一阵阵黄沙飞扬，

这是骏马在奔腾。

残阳如血，明月如霜，

壮怀激烈，豪情万丈，

英雄梦是我终生难解的情缘。

如今，我虽然鬓发斑白，

可是，眼睛中仍然

装着星辰与大海，

与年少时一模一样，

憧憬着美好与浪漫。

那些青春的记忆，

早已融入我的骨血，

时时地勃发，久久地缠绵。

春忆游金陵

江南的山和水呀，
孕育着金陵城里的绝世红颜。
她温婉如华庭塘里的荷鱼，
朦胧似玄武湖水云间的烟雨。
她清爽胜过钟山的朗月，
她干净赛过栖霞山上的枫兰。

金陵的秦淮人家，
滋养着有教养的姝艳。
怕是二十四桥明月夜的玉箫，
也弹奏不出你的郁郁寡欢。
是谁辜负了你的缱绻，
难道是如是的青山？

轻数春残的落英，
细细地用锦囊入殓。
用黛玉般的多愁善感，
埋葬自己的青春华年。
莫愁湖也涟漪着幽怨，

无息地荡着逝去的胭脂。

夫子庙王谢屋前的旧燕，
归来后依旧呢喃。
古时淝水的战鼓，
诉说风流宰相的镇定浪漫。
风雨飘摇中的六朝金粉，
可还记得曾经的哀鸿遍野？

心房

是什么溅湿了心房？

是沙沙的春雨，飘零的樱花，

还是依稀的旧梦？

仿佛在昨晚，却又萦绕在今夜。

带有一丝淡淡的惆怅。

痴心难忘，曾经的欢愉，

青梅常忆，往昔的砂壶。

纵然半生彷徨，

却也清香如故。

天涯无限美好，

唯盼关山路坦。

不知是溪流还是落花，

惹了相思，

忧伤在深夜，像涟漪，

总是一圈一圈地扩散。

如雪中的梨花，

轻盈、凄美、惊艳。

也为《我打碎了夕阳》续句

我打碎了夕阳，
却赢得少许轻狂。
乘东风信马由缰，
让青春的记忆疯长。

我打碎了夕阳，
却收获了晚香。
且在寂寥的苍穹，
画满了璀璨的星光。

我打碎了夕阳，
却赶走了彷徨。
并乘着梦的翅膀，
飞翔至理想的殿堂。

漫弦

花朵遮住容颜，
思念隔着千山。
梦境长长的缱绻，
醒后深深的抱憾。
晓看草长草衰，
暮守月隐更残。
曾经的过往，
仿佛忧伤的岚烟。
记忆中的背影，
时时迷离了双眼。
岁月晃晃悠悠，
生活慵慵懒懒。
理想如白云苍狗，
流转间瞬息万变。
陋室蛰居发呆，
野旷稍栖清泉。
不想寄情远方，
沉醉壶里遣闲。
好书不求甚解，
安守一隅心田。

雪还是不够猛烈，我盼望的雪……

是冰天封地的雪，是埋葬一切的雪，

是解除忧伤的雪，是荡涤阴霾的雪。

我太喜欢雪了，

它是多么神圣纯洁，沁人心脾。

它是多么灵动飘逸，晶莹透亮。

青松是它的挚友，梅花是它的知音，

它留给我的印象太多太深……

就像一名剑客，一人一剑一马，

莽原逆行，衣袂翩翩。

也像一篷乌舟，一僧一灯一炉，

沧海桑田，静坐如钟。

还像古刹禅院，一室一琴一学子，

身处江湖，心怀远方。

雪花呀，请你请你……

再下得猛烈些吧！

我喜欢一片洁白的世界，

我愿把这弥天的惆怅，

化为伴你飞舞的纸鸢，

哪怕折戟沉沙，哪怕粉身碎骨，

亦愿与你一起飞旋飘零。

我愿把这无尽的迷茫，

化为伴你长眠的磐石，

哪怕荒芜寂寞，哪怕亘古不言，

也愿和你一起浴火涅槃。

种心

近读《诗经·国风》，忽然被古代劳动人民浅显直白的优美诗歌所表达的情感，那种朗朗上口的诗句，以及叠句的修辞手法、近乎儿歌的言语所感染，于是仿作一首。

我把心种在地里，
期盼她长出心芽，
许多年的培育，
前天开始萌芽。
我把心种在土里，
希冀她长出情芽，
慢慢长长地蕴藏，
昨天终于开花。
我把心种在田里，
渴望她长出爱芽，
日日夜夜地呵护，
今天长成奇葩。

我把心种给高山，
高山回报我仁德。

我把心种给湖海，

湖海回报我智慧。

我把心种给蓝天，

蓝天回报我理想。

我把心种给方圆，

方圆回报我乾坤。

我把心种给淡泊，

淡泊回报我超然。

我把心种给平和，

平和回报我高远。

我的劳作没有白付，

我的心血没有白费，

我的汗水没有白流。

我的爱已自得，

我的情已释然，

我的心已收获。

生日

在这特别的日子，
我想用独处代替欢宴，
静静地身处凄雨秋风中，
观花自然飘落，
来祭奠我已逝去的年华。

在这特殊的日子，
我想用沉思代替轻狂，
泡一壶浓茶，
尝得失沉浮，
整理自己归去的方向。

在这特定的日子，
我想一个人放声悲歌，
听流浪者神曲，
浇昏昏之头脑，
用呐喊放纵中年的孤独。

或发呆……或惆怅……

或忧伤……或迷茫……

或长啸……或痛哭……

在这深情的初秋，

让我保持这种状态，

淋漓尽致，就一整天。

精魂

诗词是有魂魄的，
她是飞舞的精灵。
有些恬淡疏朗自自然然地来，
有些豪迈雄浑莽莽撞撞地闯，
有些浅显直白大大方方地露，
有些影影绰绰隐隐约约地藏。

在城南阡陌中……
观落英缤纷，赏微风细雨，
她就是那四散飘逸的香魂。
在晨光晚风中……
唱朝霞灿烂，吟暮云缠绵，
她就是那时光流逝的忧魂。
在夜深月色中……
听蟾宫琵琶，看星云璀璨，
她就是那愉悦空灵的乐魂。

她让人深感：
昨夜西风凋碧树，独上高楼，

望尽天涯路的挫败。

在苍茫边塞上……

舞金戈铁马，咏落日长河，

她就是那悲壮雄伟的军魂。

在长亭古道上……

揸依依不舍，伤离愁别绪，

她就是那哀婉忧伤的离魂。

在异乡高楼上……

醉浊酒半壶，饮残茶一盏，

她就是那孤寂惆怅的思魂。

她让人痛觉：

衣带渐宽终不悔，

为伊消得人憔悴的执着。

在穷困潦倒时……

歌茅屋秋风，斥五斗米粮，

她就是那或哀或悲的愁魂。

在悲观失意时……

叙故国不堪，叹西风自凉，

她就是那无可奈何的悲魂。

在忧国忧民时……

表丹心千古，志清白人间，

她就是那毅然决然的精魂。

她让人悔悟：

"众里寻他千百度，蓦然回首，

那人却在灯火阑珊处"的美好！

从容

沏一杯清茶，
品着甘甜，品着涩苦，
品着春色，品着荒芜。

斟一壶浊酒，
醉着前尘，醉着往后，
醉着瞬息，醉着恒久。

点一根香烟，
燃着清醒，燃着浊污，
燃着希望，燃着老枯。

点一盏心灯，
明了内心，明了归路，
明了世界，明了双眸。

寂静的夜，
让遐想飞得很远，
像绒花飘零，

虽漫无边际，

却终归于土。

如梦……如梦……

且看月光如故！

且任乱云飞渡！

生命、价值、理想

望着窗外日渐沉重的树木，
凝视它在雨中艰辛及坚强的勇敢，
仿佛生出了佛陀一样的顿悟，
思绪渐渐飞向无垠的空旷。
头脑一片澄明，乘风穿越，
去找那生命价值及理想的真谛。

我飞到汨罗江边，
看见了手捧《离骚》的屈原。
名木华裳与家国天下，
正如熊掌与鱼不可兼得。
水清如身之察察，水浊如物之汶汶，
他不能同时适应。
随即投了汨罗江，
成就了百年的理想，
千年佳话万年忧伤。
于是我晓得：
生命、价值、理想往往不可兼得，
成就了一些，一定会失去一些。

我飞到了太史令府，

读到了史家之绝唱，无韵之离骚。

理想因坚定而饱受屈辱！

这不是生活压力与生命尊严的较量，

这是理想与现实你死我活的决斗。

于是我知道：

活着是为了价值，

死去是为了尊严！

我飞到了浔阳的柴桑，

借着悠然见南山的庐山园田居，

请来了饮酒邀月对影三人的太白，

请来了不知今夕是何夕的东坡。

陶潜不为五斗米折腰的品质让人感动，

李白天子呼来不上船的傲气让人折服，

苏轼知命尽事理足无憾的智慧让人受用。

当夜我明白：

才高不如品高！

情深不如积善尚德！

我飞到了清末，

约谈了李鸿章左宗棠，

这二人都是朝廷重臣洋务首领。

告诉他们自己后人的一些故事，

即便是留下金山银山，

他们的曾孙却吸毒饿死及自杀。

告诉他们曾文公没给后代留钱财，

只留下了厚厚的一本家训，

后代子孙却出了二百四十多位才子能人。

于是我悟得：

钱财如水，品行如舟，

水能载舟，亦能覆舟！

我回到了现实，

窗外仍在下着沥沥细雨。

现实的人们为了生活，忙忙碌碌，

创造了很多物质与财富，

却失去了很多健康与欢乐，

既然得失这么明晰，

我又何必委屈自己，

何不回归原本的状态，

乐观洒脱，率真自然。

机运不失不抢，
学习不执不误，
价值求正务直，
生活求真务实。

江湖相忘，心远天涯

当一切已经变味，

伤了别人也会伤了自己。

痛过之后细思量，

唯留遗恨，悔不当初。

就着时间煮咖啡，

一半虚度，一半苦涩。

曾经的山清水秀，

只是海市蜃楼般的梦幻。

多情之人总爱回忆，

小桥残雪，黄苇枯草。

风景依然是风景你却不再是你，

孑孑而立，寂寥斜影。

怎料得寒夜赏冷月，

无边的思绪杂乱而飘渺。

披霜的容颜如水平静，

相对是怨，相守是厌。

往日的默契早已不复存在，

咫尺之间，心远天涯。

别后从此陌路人，
再也不会听到彼此的声音。
生活还会继续，路还要走，
倚窗嗅香，心素如简。
身后的脚印一串串，很长很长，
风吹雨洗，相忘江湖。

渭水清，渭水长

渭水清，渭水长，

渭水河畔百花香。

桃花红，菜花黄，

渭水两岸是家乡。

七十二峪汇成河，

渭水处处有温汤。

泡出女人赛玉环，

泡出男儿个个壮。

渭水清，渭水长，

渭水河畔有咸阳。

三千秦汉吼秦腔，

老秦从来多名将。

渭水最早育炎黄，

周秦汉唐源远长。

老子布道净人心，

子牙直钩钓王上。

渭水清，渭水长，

渭水两岸百姓忙。
东家坐，西家访，
为给儿子讨婆娘。
不知从何风气变，
彩礼钱重急爹娘。
结婚没房没商量，
恶习使人心受伤。

渭水清，渭水长，
渭水流域风采扬。
时代进步发展快，
处处商机靠自强。
好男不图祖宗业，
好女别让爱人殇。
当仁不让斗志昂，
重塑老秦好风尚。

忽然好想去踏青

忽然好想去踏青，
约三五好友，
且都是帅哥美女，
一起去放飞心情，
莫辜负了这大好的春光。
我要诙谐幽默的知音，
我要宽宏大量的知己，
我要足以养眼的美女，
我要志趣相投的同伴。

忽然好想去踏青，
带上我的爱人及孩子，
感受亲情浓浓，
享受春日暖暖。
我可以闭上双眸，
任性地在阳光下沐浴，
想象妻子挖野菜的神情，
想象小女欢呼雀跃地奔跑。
霞光照耀着她们，

这是一幅怎样的风景？

忽然好想去踏青，
我要穿上华丽衣裳，
像神仙一样地飘逸。
我乘着凤凰御着风，
任衣带拂面衣袂飘飘，
听着空灵的乐章，
嗅遍春天所有的芬芳，
沉陷其中不需要自拔。
我要的是诗一样的远方，
或者奔向远方去追逐诗。

情书

谁引我忧伤？谁令我徘徊？

谁让我沉醉？谁害我相思？

在萍水相逢的刹那间，

我以为一切可期。

在擦肩而过的回眸中，

我顿时迷失自己。

你比江南的水更温婉，

你比梦中的花更幽香。

你比优美的音乐更沁人心脾，

你比甘醇的美酒更令我销魂。

我愿用世界上最优美的诗句，

歌唱你的惊鸿倩影。

我愿用心底里最深情的话语，

舒展你的黛眉惆怅。

亲爱的人儿，

依恋不成，入梦如何？

不能相守，相望可行？

今生无缘，来世可好？

无题

天因不可攀而令人生威，

地因不可窥而使人生惧。

日不言，乌云难蔽其光。

月不语，黑夜难掩其皎。

溪浅喧嚣，林深幽静。

上善若水，厚德载物。

君子受挫而自律修仁，

更加智慧，愈加通明。

小人受责而迁怒积恨，

更加狭隘，愈加愚昧。

曰：敬畏，培德，求索，有容。

成功的密钥其实掌握在自己手中。

少年时，我跌倒了爬起来，

在反反复复地哭喊中长大了，

我学会了顽强。

青年时，我坚守着放弃着，

在风风雨雨的拼搏中坚强了，

我收获了激扬。

壮年时，我迷茫过清醒过，

在坎坎坷坷的磨难中成熟了，
我懂得了无常。
于是我希望老年时，
会宽容会淡泊，
在恬恬静静的笃定中放歌，
回忆一路心香。

我贩卖诗酒混匿在红尘，
但为一世情债在登仙台下久徘徊。
今世你托生桃花笑东风，
却不忆我是前世行滕荷锄守田人。
纵使你风情万种入我目，
不入我心亦不过是春花秋月一场空。
既然你对号入座找存在，
那么我何妨修改剧情请君入瓮进我局。

我在秋色之中

我在秋色之中，

夕阳打碎了红叶，

洒我一身斑斓，

和着无边的香韵，

洗我尘世的倦颜。

我在秋色之中，

夜月相约着花露，

遗我一袭微寒，

携着沁脾的诗句，

扬我梦想的远帆。

我在秋色之中，

随风浩荡了万里，

盈我一裳岚烟，

打着绝妙的禅趣，

遗我无尽的清欢。

家有老妻

家有老妻是个宝，温柔贤惠受不了。

惯得老公懒如猪，任劳任怨脾气小。

家有老妻是个宝，相夫教子人赞好。

茶衣米柴屁颠欢，每年每天最辛劳。

家有老妻是个宝，朴实厚道喜憨笑。

无是无非修养高，胡搅蛮缠从不恼。

家有老妻是个宝，从来与我心一条。

贫贱不移富不骄，向不找碴任顽闹。

家有老妻是个宝，爱家爱子如大鸟。

无尽呵护无尽恩，青春转向华发早。

家有老妻是个宝，心存善良常挂笑。

教书育人是先进，桃李满天好师表。

家有老妻是个宝，奉献很多享福少。

大爱小爱深骨里，总把自己放末梢。

家有老妻是个宝，感情细腻心灵巧。

平常读书勤记录，常见美文见诸报。

家有老妻是个宝，恬静雅淡不聒噪。

无事默默永相伴，事来共担舞风骚。

秋味

闻秋声，感秋深，品秋浓。
释放你我的诗意。
迷秋韵，入秋心，遣秋怀。
妖娆你我的人生。

甜甜的回忆

我要甜甜的，纯的，
没有添加剂，没经过发酵，
不带色，浓浓的，
原汁原味的那种。
不要酒，酒太烈，容易让人断肠。
不要茶，茶太淡，轻易让人淡忘。
只要这种，回肝生津，
却不惊心动魄的香醇。

跋

适逢中秋国庆双节长假，又兼秋雨蒙蒙，俗事繁杂，无心游玩。闲居家中，无所事事，刚好有时间静下心来，为我即将面世的诗集《海之婉约》写跋。

我之所以把自己第一本的诗集起名为《海之婉约》，其中大体包含着两层意思：一是我自己的名字，就是一个博大豪迈的单字"海"，并且我认为自己的性格与性情是一个矛盾的集合体，性格是豪迈的，性情却是婉约的，《海之婉约》寓意着豪迈的风骨中兼杂着婉约的情怀；二是我从事的工作是在商海拼搏，像老鹰觅食于苍原，海燕逐浪于大海一样，若真一味地豪放，可能会因暴风雨雪的袭击而折戟沉沙，所以我希望自己在面对复杂的人性和矛盾的社会时，能用一种比较委婉含蓄、淡定从容的态度来处理问题。这就是《海之婉约》书名的由来。

无论身处江湖还是高居庙堂，人们在俯仰之间感到忧伤的原因，多数是因为理想与现实之间存在巨大的落差且无法统一与弥合，从而产生无尽的惆怅和失落。文人对忧伤的表达方式通常是写诗。《海之婉约》不免俗套，它收录了我创作的作品中带有婉约风格的诗词，低吟浅唱、忧郁缠绵，多数为己，少数为世；或惆怅，或自省，或讴歌，或遣怀，不一而足。当然这并不是我全部的作品，后续还将会有新的诗集另行出版，到那个时候再多收录一些豪迈风格的诗词，起一个豪放一点的书名吧。

我从小就爱好诗歌，爱好它的思想之美、意境之美、音韵之美，向往《诗经》《楚辞》中描写的唯美爱情与崇高理想，崇尚李白、苏轼洒脱与浪漫的品格，崇尚杜甫、陆游忧国忧民的深沉情怀，喜爱"王孟"、陶潜描绘的清新田园，仰慕柳永、李清照的旷世才情，爱好中华文脉的长河中灿烂的诗歌集群里的每一位优秀诗人及他们脍炙人口的诗词。他们的风流与才华是我一生孜孜不倦的仰望和追求。

我认定，创作是需要激情的，所谓"诗言志，歌咏言"，诗歌一定饱含着作者强烈的思想情感与丰富的想象空间。《海之婉约》虽然称不上都是至臻至美的作品，但其中绝大多数诗词都是有创作的故事背景和时代的情感印痕的，需要细细咀嚼和慢慢品味方得其中真正的意境。

由于本人才疏学浅，心尚不足以静、识尚不足以达，个别作品可能存在词不达意，意境不够深远的情况，万望同人与读者们包涵；提出的善意批评与指正，我会虚心接受并学习，因为我深知这是激励我继续成长的源泉。

最后，感谢文坛泰斗阎刚老师题赠的墨宝。感谢陕西省楹联艺术研究会会长、西北大学现代学院国学馆馆长、学者大儒王即之老师，以及中华诗词学会、中国楹联学会、陕西省诗词学会理事、兴平诗词学会副会长、著名青年诗词家王宇兄弟，为本书做的序；感谢中书协会员、兴平书法家协会会长张延凤题写书名，感谢中书协会员、兴平书法家协会副会长曹国良的泼墨插图；亦感谢太白文艺出版社，感谢编辑老师们，还有三十年来一直关心、帮助我在文学路上成长的所有老师及朋友们，你们辛苦了！言不尽意，心怀深恩！

冯海

2023 年国庆之夜